HEYNE <

Felix Anschütz • Nico Degenkolb
Krischan Dietmaier • Thomas Neumann

ENTSCHULDIGUNG, SIND SIE DIE WURST?

DEUTSCHLAND IM O-TON

Das Beste von belauscht.de

WILHELM HEYNE VERLAG
MÜNCHEN

Der Inhalt der einzelnen belauschten Szenen spiegelt nicht die Meinung der Autoren oder des Verlags wider. Um die Anonymität der belauschten Personen zu gewährleisten, wurden alle Namen geändert.

FSC
Mix
Produktgruppe aus vorbildlich bewirtschafteten Wäldern und anderen kontrollierten Herkünften
Zert.-Nr. SGS-COC-1940
www.fsc.org
© 1996 Forest Stewardship Council

Verlagsgruppe Random House
FSC-DEU-0100
Das FSC-zertifizierte Papier *München Super* für dieses Buch liefert Arctic Paper Mochenwangen GmbH.

2. Auflage
Originalausgabe 07/2009

Printed in Germany 2009
Umschlaggestaltung: Eisele Grafik-Design, München
Illustrationen: Lucia Götz
Satz: Der Buch*macher*, Arthur Lenner, München
Druck und Bindung: GGP Media GmbH, Pößneck
ISBN: 978-3-453-60119-2

www.heyne.de

Inhaltsverzeichnis

VORWORT

BÄÄHÄÄÄ! Wolfgang sitzt in der Regionalbahn. Es ist später Nachmittag, die Bahn ist überfüllt mit müden Pendlern. BÄHÄHÄHÄÄ! Und schon wieder rennt dieser kleine Schreihals grölend durch das ganze Abteil. Wolfgang ist genervt, so wie die anderen Anwesenden auch. Nun beginnt das schreiende Kind auch noch damit, an dem Klappsitz neben Wolfgang geräuschvoll herumzureißen. Da beugt sich plötzlich der junge Mann gegenüber nach vorne und raunt dem Kind etwas zu. Wolfgang hört mit – und muss spontan losprusten. Das Kind kapituliert und tritt verschüchtert den Rückzug an. Wolfgang muss immer noch grinsen. Was für eine köstliche Situation!

Mal ganz ehrlich: Wer hat noch nie die Worte eines Fremden belauscht? Ob gewollt oder nicht – jeden Tag werden wir mit unzähligen verbalen Äußerungen konfrontiert, die eigentlich nicht für unsere Ohren bestimmt sind. »Entschuldigung, sind Sie die Wurst?«, fragt die Supermarktkundin und betritt dabei ahnungslos die Bühne öffentlicher Alltagskomik. Das Publikum der heimlichen Lauscher wartet schon. Ob in der U-Bahn oder im Büro, beim Shoppen oder im eigenen Wohnzimmer – wir lauschen und werden belauscht – immerzu und überall. Das Sprechtheater des Lebens bietet immer wieder Momente, die uns aufhorchen lassen; kleine Perlen in der großen, wabernden Geräuschkulisse unseres Alltags: Die Fragen des kleinen Kindes, das so unverschämt ehrlich ist, das Gespräch der beiden Teenies, das zu blöd ist, um wahr zu sein, oder die Bemerkungen der unheimlich schlagfertigen Kassiererin. Manchmal erzählen wir später unseren Freunden davon oder erinnern uns gelegentlich kopfschüttelnd wieder daran. Meistens haben wir jedoch alles nach wenigen Minuten wieder vergessen. Zu einer hohen Wahrscheinlichkeit bleiben unsere Erlebnisse einem kleinen, exklusiven Kreis vorbehalten.

Nicht so bei Wolfgang. Die Situation in der Bahn geht ihm nicht mehr aus dem Kopf. Anstatt sie in den Tiefen seines Gedächtnisses zu vergraben, setzt er sich am Abend vor seinen Computer und tippt den schrägen Vorfall aus der Bahn ab. Wolfgang schickt sein kleines Erlebnis an eine Internetseite. Einen Tag später haben bereits mehrere Tausend Personen seinen Bericht gelesen, bewertet und kommentiert. Und das ist er, gepostet am 26. August 2006 auf der Seite *www.belauscht.de*:

lauf, solange du kannst!

– Augsburg. In der Regionalbahn.

Ein extrem lautes Kind, dem die Mutter schon etliche Male gesagt hat, es solle sich hinsetzen, rennt grölend durch den Zug. Schließlich bleibt es bei einem Typ stehen, dessen gegenüberliegende Sitzbank nach oben und unten geklappt werden kann. Das Kind setzt an, die Bank nach unten zu klappen. Der Typ nimmt seinen Blick vom Fenster, schaut das Kind mit versteinerter Miene an und sagt:

»Geh zu deiner Mutter, wenn du leben willst!«

New York – Helsinki – Augsburg

Als wir im Sommer 2006 *belauscht.de* aus der Taufe hoben, ahnten wir nicht, dass sich an diesem Projekt bereits nach kurzer Zeit Zehntausende Deutsche, Österreicher und Schweizer beteiligen würden. Wir, das sind Felix, Nico, Krischan und Thomas, seinerzeit Bewohner einer gemeinsamen, chronisch putzbedürftigen Studenten-WG in Augsburg.

Die Entstehungsgeschichte von *belauscht.de* ist geradezu typisch für das Internetzeitalter. Die Idee, mitgehörte Gespräche zu archivieren und über das Internet zu verbreiten, entstand nämlich nicht in der Fuggerstadt. Vielmehr kommt sie, und das ist nur konsequent, aus der Stadt, in der wohl mehr geschwätzt, gequasselt, geschrien, geflüstert, geschnattert und letztlich auch belauscht wird, als an irgendeinem anderen Ort der Welt: New York. Die Mutter aller Lauschseiten, *overheardinnewyork.com*, wurde kurz nach der Jahrtausendwende von Steve Morgan Friedman und Michael Malice ins Leben gerufen und erreichte schnell Kultstatus. Weil nun nicht nur rund um den Big Apple ein allgemeines Interesse am Leben und am Reden der anderen bestand, dauerte es nicht lange, bis die ersten Overheard-Ableger entstanden. Mittlerweile existieren Dutzende Lauschseiten zwischen Kenia und Kanada, zwischen Delhi und Denver. In unsere Augsburger Altbauwohnung gelangte die Idee schließlich über Finnland. Finnische Freunde bastelten zu dieser Zeit an ihrer eigenen Overheard-Version. Insofern ist die erste deutsche Lauschseite eine späte Geburt. Selbst die Finnen, die nicht gerade als notorische Dauerquassler gelten, waren früher dran. Nichtsdestotrotz: Voller Motivation trugen wir innerhalb weniger Tage Belauschtes aus unserem Freundeskreis zusammen und stellten es auf eine notdürftig zusammengebastelte Internetseite. Wir nannten sie *belauscht.de*. So weit, so gut. Doch wären Menschen wie Wolfgang nicht auf unsere Seite aufmerksam geworden, wäre *belauscht.de* wohl eine Sammlung von knapp fünfzig privaten Geschichtchen geblieben. Das öffentliche Interesse an den Sprüchen, Situationen und Szenen wuchs jedoch mit einer Geschwindigkeit, mit der wir nie gerechnet hätten. Es wächst bis heute und hat *belauscht.de* über Deutschlands Grenzen hinaus bekanntgemacht. Die besten Einsendungen aus zwei Jahren halten Sie nun in Buchform in Ihren Händen. Glückwunsch! Denn dieses Buch ist mehr als eine Witzesammlung.

Deutschland im O-Ton

Das »Mehr« an *Entschuldigung, sind Sie die Wurst?* ist seine Authentizität, die Verbindung zur Wirklichkeit, die Vorstellung, dass sich das soeben Gelesene vielleicht nur ein paar Meter weiter zugetragen haben könnte. Man könnte durchaus selbst eine Person in diesem Buch sein oder kann es manchmal einfach nicht fassen, was so auf Deutschlands Straßen und Plätzen vor sich geht. Denn so gewöhnlich und banal die einzelnen Geschichten für sich alleine auch sind: Im Ganzen betrachtet spiegeln die kleinen Begebenheiten dieses Buches ein Stückchen Zeitgeist wider. Schließlich vermittelt das Gerede der Millionen von Menschen da draußen in den U-Bahnen, Bussen, Einkaufszentren, Schulen, Kinos, Discos, in den Straßen und Gassen der Republik ein ganz eigenes Gefühl für dieses Land. Lesen Sie ruhig ein wenig zwischen den Zeilen! Sie werden feststellen, dass die Gespräche und Aussagen mehr verraten, als ihren Beteiligten so manches Mal lieb sein dürfte.

Dieses Buch ist Deutschland im O-Ton. Viel Spaß damit!

Felix, Nico, Krischan und Thomas
belauscht.de

Ach ja!
Eine kleine Bitte haben wir noch. Vielleicht werden Sie ja in Zukunft vermehrt Ihre Ohren spitzen, inspiriert von Wolfgang und den vielen anderen, die zu diesem Buch beigetragen haben. Falls Sie dann etwas hören, was Sie einfach nicht für sich behalten können, denken Sie bitte daran: Tausende Menschen warten sehnsüchtig darauf, dass Sie Ihre »Belauschnisse« mit ihnen teilen.

bierrepublik deutschland?

– Köln. Hauptbahnhof.

Wir sitzen biertrinkend im Zug im Kölner Hauptbahnhof und warten auf die Abfahrt. Vor unseren Sitzen stapeln sich die Bierflaschen. Am Fenster kommt eine Gruppe Amerikaner vorbei. Einer schaut zu uns hinein und kommentiert lautstark:

»This is Germany!«

TYPISCH DEUTSCH – „THIS IS GERMANY!"

Sie sind griesgrämig und humorlos. Sie sind fußballverrückt und ordnungsfanatisch. Sie sind unsympathisch, trinken literweise Bier und sie tragen mehrheitlich Lederhosen. Die Vorurteile, die über Deutsche kursieren, sind so unterschiedlich wie vielfältig. Aber entsprechen sie auch der Realität? Diese Bestandsaufnahme aus belauschten Szenen zeigt: Deutschland, das sind Bouletten und Bradwerschd, Deutschland ist Bier und Marmelade. Deutschland, das ist der Hesse in Bayern, der Saarländer in Berlin, Deutschland ist der Türke in Hamburg und die Polin in Mannheim. Deutschland ist mehr als die Summe seiner Stereotype, obgleich man bei genauem Hinsehen das eine oder andere Klischee bestätigt sehen mag.

This is Germany!

ich will meinen volksempfänger zurück!

– Gera.

Am 1. Weihnachtsfeiertag. Opa (85) sitzt vor dem Fernseher und schaltet resigniert von Sender zu Sender. Nach einer halben Stunde flucht er plötzlich:

»In dem Scheißding kommt nur noch Mist, seitdem die Merkel dran ist!«

integration einmal umgekehrt

– Mannheim.

Ich warte neben einem Erdbeerstand auf eine Freundin, die dort verkauft. Hier arbeiten oft Polen als Erdbeerpflücker, auch sie ist Polin. Ein älterer Herr kommt vorbei.

Älterer Herr (in breitestem Mannheimer Dialekt): »Können Sie schon Deutsch sprechen?«
Sie (in reinstem Hochdeutsch): »Ja. Soll ich es Ihnen beibringen?«

hamburgspor

– Hamburg-Wilhelmsburg. Auf einem Schulhof.

Aufforderung zu einem Fußballspiel in der Pause:

»Oh ja! Türken gegen Ausländer!«

das dönertier bekommt gesellschaft

– Berlin. In einer Bäckerei.

Ein muslimischer Kunde zeigt auf die mit Fleisch belegten Brötchen und wendet sich an die Verkäuferin.

Kunde: »Welches Fleisch ist das?«
Verkäuferin: »Ditte hier?«
Kunde: »Ja, welches Fleisch ist das? Rindfleisch?«
Verkäuferin: »Na, dit is Boulette!«

… wieso haben Sie das nicht gleich gesagt!

– Wadgassen. In einer Arztpraxis.

Arzthelferin: »Frau Kranzfelder, dann bräuchte ich noch Ihre Versichertenkarte.«
Ältere Patientin: »Ich wääß jetzt ned, was sie menne?«
Arzthelferin (hilfreich): »Die Karte, die Sie von Ihrer Krankenkasse bekommen haben.«
Ältere Patientin (ratlos): »Nää, so ebbes hann ich ned.«
Arzthelferin (mit Geistesblitz): »Ich brauch Ihr Kärtsche.«
Ältere Patientin (glücklich): »Ach, es Kärtsche wolle se hann. Das hann ich dabei.«

adolf honecker oder so ähnlich

– Kiel. In einer Realschule, neunte Klasse.

Es wird gerade das Thema »Drittes Reich« behandelt. Plötzlich schaut mein Tischnachbar wie vom Blitz getroffen auf und verkündet stolz:

»Ahhhhhh! Jetzt kapier ich endlich, was DDR heißt! Das Dritte Reich!«

der alte mann und das brot

– Wuppertal. In einer Bäckerei.

Ein alter Mann drängelt sich vor einen jungen Mann.

Alter Mann: »Vier Mehrkornbrötchen.«
Bedienung: »Entschuldigung, der junge Mann ist zuerst dran.«
Junger Mann: »Zwei Nussschnecken.«

Der junge Mann bezahlt und geht.

Bedienung (zu altem Mann): »Was bekommen Sie?«
Alter Mann (flippt aus und brüllt): »Hab ich doch eben schon gesagt! Das is ja hier 'ne saumäßige Bedienung! Dann geh ich halt zur Konkurrenz!«

Er dreht sich um und verlässt den Laden.

bayrisch breakfast

– München. In der Straßenbahn.

Ältere Dame #1: »Heute ist es ja so heiß! Zum Frühstück hab ich nur eine Marmeladensemmel gegessen und ein Bier getrunken!«
Ältere Dame #2 (empört): »Das können Sie doch nicht machen! Zum Bier schmeckt doch keine Marmelade!«

wohin gates?

– Berlin. In der Straßenbahn.

Eine Gruppe Japaner steigt ein. Einer von ihnen klopft beim Fahrer an die Scheibe und fragt:

Japaner: »Entschuldigung, fahre zu Brändenburg Gate?«
Fahrer: »Wat? Gate? Meinst du Schönefeld?«
Japaner (schaut hilflos und verwirrt): »Brändenburg Gate?«
Fahrer: »WAT IS GATE? Seid ihr sicher, dass ihr nach Brandenburg wollt?«
Japaner (lächelt): »Viele Dank!«

Setzt sich hin und die Tram fährt weiter.

der dativ ist dem genitiv sein tod - live!

– Euskirchen. In einem Gasthaus.

Während der Versammlung eines Männerchores.

Kellner (kommt in den Versammlungsraum): »Wem ist der Auto für de Düür?«
Antwort eines Gastes: »Isch!«

der saftneurotiker

– Augsburg-Lechhausen. Im Aldi an der Kasse.

Eine Frau, deren Einkaufswagen übervoll ist, fragt einen Typen hinter sich.

Sie: »Haben Sie nur den Orangensaft?«
Er: »Was geht Sie das bitteschön an?«
Sie: »Ich hätte Sie vorgelassen, falls Sie nur den Orangensaft haben.«
Er: »Kann man hier nicht mal mehr in Ruhe 'nen Saft kaufen, oder was?«

Er stellt sich dann aber doch vor die Frau.

Sie: »Sehen Sie, ist doch alles kein Problem.«
Er (wutschnaubend): »Für Sie vielleicht nicht, aber mein Tag ist jetzt versaut!«

dr. dummlittle tankt auf

– Nürnberg. An einer Tankstelle.

Der Mann, der gerade bedient wird, deutet mehrmals ohne etwas zu sagen hinter den Kassierer.

Kassierer: »Was wollen Sie?«
Mann: »Ich möchte auf Rechnung zahlen! RECH-NUNG!« (deutet auf den Karteikasten hinter dem Kassierer)
Kassierer: »Ja, das müssen Sie schon sagen. Wie heißen Sie?«
Mann: »SPIE-SSEN-REIT!«

Der Kassierer beginnt in der alphabetisch sortierten Kartei zu suchen.

Mann (laut): »Ich stehe unter D, D für Doktor!«

ein döner ohne grammatik

– Bremen. An einer Dönerbude.

Kunde: »Einen Döner bitte.«
Verkäufer: »Mit alles?«
Kunde: »Nein, mit ALLEM.«
Verkäufer: »Ah! Mit Lamm?!«
Kunde: »Nein! Mit Rind!«
Verkäufer: »Häh, was los?«

eine hesse in bayern

– München. In der U-Bahn.

Ein junger Typ (ca. 25) steht neben dem Eingang. Ein Bayer in Lederhosen und Gamsbarthut steigt ein.

Bayer: » … « (sagt irgendwas Unverständliches)
Junger Typ: »Sorry?«
Bayer: »Can you tell me where we are going?«
Junger Typ: »Hey, Sie können ruhig Deutsch mit mir reden, ich komme nur aus Hessen!«

das macht dann wohl fünf euro ehrlichkeitszuschlag

– Hannover. Hauptbahnhof.

Eine Gruppe Jugendlicher an der DB-Info.

Bahnmitarbeiter: »Kann ich euch helfen?«
Jugendlicher: »Ja. Wir möchten nach Leverkusen. Möglichst schnell und möglichst billig!«
Bahnmitarbeiter: »So was gibt's nicht bei der Bahn.«

Und geht weg.

eurovision im einkaufsmarkt

– Gifhorn. Bei Aldi an der Kasse, kurz nach der Euro-Einführung.

Eine Kundin sortiert ihr Kleingeld zum Bezahlen und sagt:

»Oh, ich habe sogar einen französischen Euro.«

Darauf die Kassiererin zu ihrer Kollegin an der Nachbarkasse:

»Du, nehmen wir auch französische Euros?«

fränglisch for anfängers

– Nürnberg. In einem Lokal im Handwerkerhof.

Während der WM 2006. Eine Kellnerin kassiert bei einer Gruppe von Engländern Nürnberger Bratwürstchen ab und fragt in tiefstem Fränkisch:

»Warn des etz tuu bratwerschd odder srie bratwerschd?«

bist du nicht der frontfriseur?

– Waibstadt. In einem Pflegeheim.

Eine Pflegerin bemüht sich, aus dem verbleibenden Resthaar eines dementen alten Herrn eine Frisur zu kreieren. Als ihr Werk vollendet ist, schmettert er:

»Danke Kamerad!«

die entdeckung eines neuen kontinents

– Wörth.

Unterhaltung zwischen zwei ca. 16-jährigen Mädels.

#1: »Heut haben wir in Sozialkunde über den Türkei-Beitritt zur EU geredet.«
#2: »Und?«
#1: »Ich bin da ja mal voll dagegen!«
#2: »Wieso?«
#1: »Ey, von der Türkei da liegt doch grad mal so viel wie Mecklenburg-Vorpommern in der EU und der Rest im Islam!«

die fetten gespräche sind vorbei

– Dortmund. Plus am Nordmarkt.

Zwei Omas unterhalten sich.

#1: »Ah!«
#2: »Na?«
#1: »Und?«
#2: »Ja, ja. Einkaufen.«
#1: »Hmm.«
#2: »Ja, was soll man machen. Man braucht ja was zu Hause!«
#1: »Hmm.«
#2: »Hmm.«

Sie gehen ohne Verabschiedung getrennter Wege.

urlaub auf dem rollfeld

– Flughafen Köln-Bonn.

Beim Einchecken zum Flug von Köln nach Las Palmas.

Kleiner Junge: »Wieso steht denn da ›Las Palmas‹? Ich dachte, wir fliegen nach Gran Canaria.«
Große Schwester (belehrend): »Tun wir ja auch. Las Palmas ist der Name vom Hotel.«

i am german

– Ibiza-Stadt. Yachthafen.

Morgens auf dem Weg von der Disco zum Hotel. Eine leicht bekleidete Frau (offensichtlich eine Prostituierte) spricht einen Typ neben mir in gebrochenem Deutsch an.

Frau: »Französisch?«
Typ: »Sorry, I'm German.«

kleines hartz 4 mal 4

– Berlin. S-Bahnhof Friedrichstraße.

Zwei männliche Jugendliche unterhalten sich auf der Rolltreppe.

#1: »Hey, jetzt krieg ich 'ne Hartz-IV-Rückzahlung, die ham nicht bezahlt! Für sechs Wochen!«
#2: »Mann ...«
#1: »Das sind drei Monate, also ... tausend Euro!«
#2: »Boah!«
#1: »Nee, warte! Das sind ja fast vier Monate, also noch mehr!!«

die mühlen der übersetzung

– Freiburg. In einem Café.

Gegenüber sitzen ein Mädchen und ihr englischsprachiger Freund. Er erzählt ihr irgendetwas über ausverkaufte PCs. Sie antwortet ihm mit starkem deutschen Akzent:

»Darling, so is the life. Who comes first, paints first!«

total nuts

– Freiburg. Markt am Münsterplatz.

Ein Ehepaar (offensichtlich Touristen mit nur geringen Deutschkenntnissen) zeigt fragend auf die Auslage des Bäckerstandes.

Verkäuferin: »Des sinn Nuss-Schnegge.«
Ehepaar: »???«
Verkäuferin: »Nuss-Schne-cken.«
Ehepaar: »???«
Verkäuferin: »Nuts-Schneck!«

der stinkefinger der großstadt

– Berlin. U-Bahnstation Boddinstraße.

Es herrscht hektisches Gedränge. Plötzlich ruft ein Typ aus der Menge mit lautstarker, alkoholisierter Stimme:

»Kannste dich nich mal entschuljijen, oder wat?«

Er streckt dabei seinen erhobenen Mittelfinger in die Luft.

Ein kleiner Junge (ca. fünf) meint daraufhin mit einem tiefen Seufzer:

»Tjaja, das ist halt Berlin, kannste nix mach'n.«

man spricht deutsch ...

– Split (Kroatien).

Ein deutscher Tourist steht in einem Laden und versucht ein Stück Fleisch umzutauschen.

Urlauber: »Wir haben hier dieses Fleisch ...«
Verkäuferin: »English please!«
Urlauber (sehr selbstsicher): »We have buy this Fleisch and it's not gut!«

in herdkunde ist sie besser als in erdkunde

– Sylt. Auf dem Hindenburgdamm in der Bahn.

Eine Frau fährt mit ihrer Tochter über den Damm nach Sylt. Sie zeigt aus dem Fenster aufs Wattenmeer und sagt:

»Kuck mal, das ist die Nordsee.«

Dann deutet sie zur anderen Seite:

»Und das ist die Ostsee.«

neues aus der hansastadt

– Rostock. Vor dem Rathaus.

Stehe mit meiner Freundin vor dem Rathaus in Rostock. Anscheinend findet gleich eine Bundesligapartie statt, denn es wimmelt von Fußballfans. Ein Typ erklärt gerade einem Mädchen etwas Historisches:

»Und damals war hier die Hanse …«

Ein prolliger Typ, der gerade vorbeiläuft, brüllt ihn an:

»DAS HEISST HANSA, DU SPASTI!«

Hinter diesem fängt eine Gruppe von zwanzig Hansa-Rostock-Fans an zu schreien:

»HAN-SAAAA ROSTOCK, HAN-SAAAAA ROSTOCK!«

mein persönlicher taschengeldsklave

– Köln. City-Center.

Zwei Jungs (ca. acht) toben herum und unterhalten sich dabei laut.

#1: »Du, weißt du, es gibt Leute, die arbeiten für 'nen Euro!«
#2: »Boah, echt?«
#1: »Ja!«
#2: »Ey, ich hab heut zwei Euro Taschengeld bekommen.«
#1: »Alter, du kannst dir dann zwei Leute holen, die alles für dich machen!«
#2: »Cool, wo kann man die sich kaufen?«

das war wirklich komasaufen ...

– Nürnberg.

Ein alter Mann beobachtet, wie sich ein besoffener Jugendlicher die Seele aus dem Leib kotzt. Er sagt daraufhin in kantigem Wehrmachtsdeutsch zu einem anderen alten Mann:

»Frrrüher hat es so was nicht gegeben. Man hat einmal zu viel getrrrunken und hat sich einmal überrrgeben. Dann ist es nicht mehr vorgekommen. Und wer dann nichts gelernt hat ... der wurde weggemacht!«

so a sau mandelpreiß

– München. U-Bahnstation Aidenbachstraße.

Die U-Bahn ist voll. Ein in Tracht getarnter, offensichtlich auswärtiger Oktoberfestbesucher verteilt gebrannte Mandeln an die ihn umgebenden U-Bahn-Fahrgäste. Alle greifen beherzt zu, es herrscht gute Stimmung. Es dauert nicht lange und die Packung mit den gebrannten Mandeln ist leer.

Trachtentourist: »Ihr Münchner habt ja wohl einen Schuss. Das hier hat vier Euro fünfzig gekostet!«
Münchner: »Ja mei, mir bewundern die Leud, die des kaufen!«
Trachtentourist: »Sie meinen wohl, Sie finden die Leute bescheuert?!«
Münchner: »Ich bin ein erwachsner Mann, ich kann denken, was ich will!«

seniles mitgefühl

– Heidelberg-Kirchheim. Vor einem Lidl.

An einem Samstag. Zwei alte Damen unterhalten sich.

#*1:* »Un? Wie geht's?«
#*2:* »Ach, net so guud.«
#*1:* »Alla, dann noch en scheene Sunndaach!«

drei ecken, zwei idioten, ein fall für den anwalt

– Bremen-Neustadt.

Zwei Autos krachen an einer Kreuzung aufeinander.

Fahrer #1 springt aus dem Auto und schreit: »Du Idiot!«
Fahrer #2 springt ebenfalls heraus und ruft: »Isch Idiot? Du Idiot! Isch haben Vorfahrt, isch haben Dreieck!«

mein jahr in deutschland: ein absoluter durchfall

– Maikammer. In einem Restaurant.

Ein altes Ehepaar ist fertig mit seinem Abendessen. Es gab Wildfleischbraten mit Bratkartoffeln und Bohnen. Der Mann hat noch ein kleines Häufchen auf seinem Teller übrig, als der Kellner zum Abräumen kommt.

Kellner: »Hat es geschmeckt?«
Mann: »Sehr gut, danke. Den Rest packen Sie mir bitte für unser Au-Pair-Mädchen ein.«

Der Kellner schaut etwas befremdet, woraufhin der Mann noch nachlegt:

»Jaja, die kann gerade eh nicht so viel essen. Die hat die Scheißerei.«

bald im handel: die angie-bibel!

– Berlin. Helmut Newton Foundation.

In der Fotoausstellung ›Humanism in China‹ hängen Werke chinesischer Fotografen, die den Alltag in China abbilden.

Ein Vater zu seiner kleinen Tochter: »Und das hier ist ein Foto von Mao. Der war ein großer Führer in China … So was wie Angela Merkel.«

wetterkunde in weiß-blau

– Auf dem Wallberg am Tegernsee.

An einem wolkenverhangenen Sommertag. Ein Rentnerehepaar schaut über die Landschaft in den sehr grauen bewölkten Himmel. In tiefstem Bayrisch folgender Dialog:

Er: »Das Wetter ist auch nicht mehr, was es mal war.«
Sie: »Ja, seitdem der Franz Josef tot ist.«

zoni-omi hat gar nix zu melden!

– Berlin. Ku'Damm.

Ein Junge (ca. neun) streitet sich wegen irgendetwas mit seiner Mutter. Seine ebenfalls anwesende Großmutter ermahnt ihn:

»Kleiner, du musst gegenüber deinen Eltern mehr Respekt zeigen!«

Junge (genervt): »Mensch Oma! Wir sind doch hier nicht mehr in der DDR!«

zurück in die vergangenheit

– Ingolstadt.

Typ (Mitte zwanzig) in der Fußgängerzone zu seiner Freundin:

»Ingolstadt, das ist so ein Ort, da kann ich eines Tages mit meinen Kindern hinfahren und sagen: ›Guckt mal, so hart hat man in den Sechzigern gelebt.‹«

zusammen, was zusammengehört?

– *Nürnberg. In einem Büro.*

Im Herbst 2007. Zwei Sekretärinnen unterhalten sich.

#1: »Am Freitag wird der Mauerfall ja 18, also volljährig!«
#2: »Na, den hätten sie besser mal abgetrieben!«

kein entrinnen vor prinz poldi

– *München. Im Olympiazentrum.*

Während der WM 2006. Auf einer Wiese sonnen sich verschiedene Grüppchen. Ein kleiner Junge läuft suchend über die Wiese. Als er nach einiger Zeit nicht findet, was er sucht, ruft er verzweifelt:

»LUUUUU-KAS?«

Darauf tönt es von einer der Picknickdecken: »PO-DOL-SKI!«

Den richtigen Spruch auf den Lippen, das verbale Ass im Ärmel oder die zündende Pointe im Anschlag – alles das besitzen die Protagonisten der folgenden Szenen: Sie sind die Sprücheklopfer, Phrasendrescher und Zotenreißer der Nation. Ob routiniert und cool oder unfreiwillig komisch, als linguistische Speerspitze Deutschlands bereichern sie unsere wortkargen Straßen und Plätze mit Witz und Schlagfertigkeit. Sie zähmen brummelnde Busfahrer, verblüffen lasche Schulklassen, sie beschallen ganze Bahnabteile und haben immer den krachenden Konter parat. Sie sind die Brüllaffen im alltäglichen Sprachdschungel, leichte Beute für die Jäger des verlorenen Satzes.

SCHLAGFERTIG – „NENN MICH EINFACH KARTOFFEL!"

sie nannten ihn knollenfrucht

– Siofok (Ungarn). In einer Bar.

Während eines Ausflugs mit dem Fußballverein. Gespräch zwischen einem Deutschtürken und einer Ungarin.

Ungarin: »Wie heißt du?«
Türke: »Ceyhan.«
Ungarin: »Wie?«
Türke: »Ceyhan!«
Ungarin: »Ich versteh nicht.«
Türke: »Ceyhan!!«
Ungarin wieder: »Wie?«
Türke: »CEYHAN!!!«

Die Ungarin schaut immer noch fragend.

Darauf der Türke: »Ach, nenn mich einfach Kartoffel!«

die schöne und der brummel-fahrer

– Hannover. Im Bus der Linie 480.

Eine attraktive junge Frau steigt vorne in den Bus ein, kauft einen Fahrschein und fragt den Busfahrer nach einer bestimmten Haltestelle. Der schlecht gelaunte Busfahrer nuschelt unverständliches Zeug.

Frau: »Wie bitte?«
Busfahrer (deutlicher, aber immer noch hörbar genervt): »Da wär's besser, wenn Sie die Stadtbahn nehmen und dann in der Innenstadt umsteigen.«
Frau: »Achsooo! Haha ... wissen Sie, was ich verstanden habe? ›Brummel, brummel, brummel.‹«

hinten rechts, gleich bei den lebern und lungen

– Berlin. Alexanderplatz, in einer Filiale von Kaiser's.

Es läuft eine Aktion, bei der man Treueherzen sammeln kann. Vor mir steht ein älterer Herr, der gerade seine Einkäufe bezahlt.

Kassiererin: »Sammeln Sie Herzen?«

Der Mann gibt kurz einen verwunderten Blick von sich und antwortet dann:

»Nein, aber eine neue Niere könnte ich gebrauchen!«

da kannst du warten, bis du grün wirst

– Bochum.

Ich sitze mit einem Freund im Auto. Wir halten an einer roten Ampel. Rechts neben uns hält ein Typ mit seinem Wagen. Er kurbelt die Scheibe herunter, bedeutet mir, ebenfalls die Scheibe herunterzulassen, und fragt:

»Hey, wartet ihr auch auf Grün?«

du bist, was du hörst

– Köln. In der Straßenbahn.

Ein Jugendlicher kommt in die Bahn. Aus seinem Handy dröhnt für alle gut hörbar Musik (Hip-Hop). Wie immer, alle stört es und keiner traut sich was zu sagen. Neben uns steht ein eher unangenehmer Zeitgenosse (Typ Rocker, Biergeruch, 150 kg). Der Rocker schaut den coolen Jugendlichen böse an, der sichtlich nervös wird.

Rocker (trocken): »Mach sofort die Musik aus!«

Der Jugendliche macht sofort die Musik aus. Als er einige Stationen später aussteigen möchte, starrt ihn der Rocker wieder an.

Rocker (noch trockener): »Deine Musik ist scheiße!«

Völlig hilflos verlässt der junge Mann die Bahn.

arbeiten und arbeiten lassen

– Bonn.

Drei Punks mit Hund sitzen in der Fußgängerzone und schnorren. Ein Mädel (Anfang zwanzig) kommt vorbei.

Punk: »Ey, haste mal was Kleingeld?«
Sie: »Nein, ich hab kein Geld.«
Punk: »Dann geh doch arbeiten!!!«

bevölkerungsentwicklung mal anschaulich

– Greven. In einem Gymnasium.

Lehrer: »Jetzt stellt euch das mal vor. Da kommen also weltweit täglich 250 000 Menschen dazu, ungefähr so viele wie in Münster leben ... Ich hab das mal für mich ausgerechnet, das sind ungefähr drei Kinder pro Sekunde! Das geht dann ...«

(klatscht laut in die Hände)

»KLATSCH, KLATSCH, KLATSCH und schon sind wieder neun Neue da!«

britney lebt!

– Rhain. An einer Straßenbahnhaltestelle.

Zwei Mädchen warten auf die Straßenbahn. Beide schauen recht gelangweilt drein, eine von den beiden liest die neue *Bravo*.

#1: »Ooh, schau mal, ein Artikel über Britney Spears!«
#2 stöhnt auf und grummelt: »Oh Mann, immer wenn man denkt, der Tag könnte nicht schlimmer werden, erfährt man, dass Britney Spears doch noch lebt!«

definitiv kein typ zum pferdestehlen

– Wedemark. In der Schule, Kunstunterricht der 13. Klasse.

Lehrer zu Schülerin (forschend): »Warum waren Sie letzte Woche denn nicht in meinem Unterricht?«
Schülerin (traurig): »Da konnte ich nicht. An dem Tag ist mein Pferd gestorben.«
Lehrer (total unbeeindruckt): »Na und? Haben Sie denn etwa kein Fahrrad?«

Die Schülerin verlässt bestürzt und weinend den Raum.

der countdown läuft

– Hamburg. In einem Aldi.

Silvestermorgen bei Aldi. Ausnahmezustand, Schlangen quer durch den Laden. Als eine Kasse schließt und dafür eine andere aufmacht, wird ein wartender Rentner beim Schlangenwechsel ca. vier Plätze nach hinten abgedrängt, muss also ein paar Minuten länger warten. Er pöbelt dafür die Kassiererin lautstark an – weit unter der Gürtellinie. Alle anderen Kunden schauen betreten weg, nur eine junge Frau sagt laut hörbar zur Kassiererin:

»Sie müssen das schon verstehen. In dem Alter hat man keine Zeit, da kann man ja jede Sekunde tot umfallen.«

nächste haltestelle: selbsterkenntnis

– Trier. In einem Bus.

Eine junge Frau mit insgesamt leicht asozialem Touch steigt mit ihren vier kleinen Kindern in den Bus ein. Die Kinder lärmen herum, hören nicht auf die Ermahnungen ihrer überforderten Mutter. Völlig entnervt dreht sie sich zu einem Mitfahrer um und nölt zu ihm für alle hörbar:

»Das hat man von der ganzen Fickerei!«

auf wolke dioxiben

– Indonesien. Auf Java.

Ein Indonesier wird beim Verbrennen seines Berges von Plastikmüll von einem deutschen Touristen darauf hingewiesen, dass dies nicht gut für die Umwelt sei.

Der Indonesier antwortet laut lachend: »Don't worry! It's just clouds!«

die ärmsten der armen

– Freiburg. Am Hauptbahnhof.

Zwei junge Typen gehen an einem Obdachlosen vorbei.

Obdachloser: »Hey, habt ihr mal ein bisschen Kleingeld?«
Typ #1: »Nee, leider nicht.«
Obdachloser: »Seid ihr etwa Studenten?«
Typ #2: »Jo.«
Obdachloser: »Arme Schweine!«

lizenz zum rasen: wildpferd im darm

– München. Leonrodplatz.

Ein junger Fußgänger überquert einen Zebrastreifen und wird dabei fast von einer noblen Limousine überfahren, die gerade noch bremsen kann. Geschockt geht er um das Auto herum und brüllt den Fahrer an.

Fußgänger: »Sie Vollidiot! Das ist ein Zebrastreifen!«
Autofahrer brüllt aus dem Fenster: »Zebra hab ich im Arsch!«

dr. hanf gibt rat

– Nürburgring.

Rock am Ring 2007. Unsere Gruppe hat nach langer Suche etwas zu rauchen gefunden und sitzt nun entspannt unterm Pavillon.

#*1:* »Macht Kiffen eigentlich auch passiv breit?«
#*2:* »Beides.«

deutschland sucht die superlocke

– Frankfurt am Main. Hauptbahnhof.

Wolkenkratzer-Festival, 12. Mai 2007. Ich nehme den letzten Zug in meine Richtung und steige in den vordersten Doppelstockwagen ein. Mir bleibt nur ein Sitzplatz im unteren Abteil, welches bereits von einem knappen Dutzend gut angetrunkener junger Männer besetzt ist, die mit reichlich »Äppelwoi« ausgiebig weiterfeiern. Kurz nach der Abfahrt macht der Schaffner die übliche Durchsage:

»Sehr geehrte Fahrgäste, willkommen an Bord des ...«

Ihm ist seine Lustlosigkeit und Müdigkeit sowohl anzuhören als auch anzusehen. Am liebsten hätte er sich wohl hinter seinen langen lockigen Haaren versteckt. Nach der Durchsage macht er sich auf seinen Weg in den nächsten Wagen und vergisst, die Schiebetür der Schaffnerkabine richtig zuzuziehen. Im gleichen Moment sehe ich bereits das hämische Grinsen zweier Betrunkener vor mir.

Wenige Augenblicke später – ein kurzes Knacken in den Zuglautsprechern.

Jungs (über Lautsprecher): »(leise) eins, zwo, drei ... (laut grölend) SCHAFFNER! DU HAST DIE HAARE SCHÖN, DU HAST DIE HAARE SCHÖN, DU HAST, DU HAST, DU HAST DIE HAARE SCHÖN!!!«

Unter tosendem Gelächter des gesamten Zuges stimmen die Jungs ihren Refrain noch zwei weitere Male an, bis der heranstürmende Schaffner mit hochrotem Kopf seine Kabine wieder zurückerobern kann.

eine schlimme erfahrung – aber für wen?

– Leverkusen. In einem Krankenhaus.

In einem Dreibettzimmer. Eine ältere, etwas verwirrte Dame benötigt Hilfe beim Toilettengang. Der Zivi wird geschickt. Die Omi ist nach dem Verlassen der Toilette völlig entrüstet:

Omi: »Da schicken die mir einen MANN!«
Bettnachbarin: »Na, machen Sie sich nichts draus, das hat der Junge doch bestimmt schon alles gesehen.«
Zivi (aus dem Hintergrund): »Ja stimmt, aber noch nicht in so alt.«

einmal feindliche übernahme und ne pommes

– Hannover. Burger King im Hauptbahnhof.

Kunde: »Ich hätte gern einen Burger King.«
Verkäufer: »Das macht dann zwei Millionen Euro, bitte.«
Kunde: »???«
Verkäufer: »Oder möchten Sie einen Big King?«

hartz hoch vier

– Dresden. Im Netto an der Kasse.

Ein Mann und eine Frau reden über soziale Probleme. Sie zu ihm:

»Da war ich die ersten drei Monate extrem arbeitslos – also richtig arbeitslos!«

happy birthday, hurensohn?

– Berlin. In einer Firmen-Kaffeeküche.

Unser türkischer Kollege hat Geburtstag. Ein deutscher und ein polnischer Kollege wollen ihm eine Freude machen, suchen sich den Satz »Herzlichen Glückwunsch zum Geburtstag« auf Türkisch aus dem Internet heraus und schreiben ihn auf einen Zettel. Mit diesem betreten sie die Kaffeeküche, in der sich bereits fünf andere Kollegen versammelt haben, und beginnen leicht stammelnd:

»Dogum günün kutlu …«

Unser türkischer Kollege stutzt, setzt eine finstere Miene auf, greift nach dem Kuchenmesser und ruft drohend:

»WAS macht meine Mama?«

Daraufhin rennt der polnische Kollege mit Panik in den Augen aus der Küche.

hals- und blechbruch

– Aachen. Universität.

Zwei Frauen verabschieden sich vor der Uni. Die eine zur anderen:

»Tschüss, und komm gut aus der Parklücke.«

haute cuisine in der kantin'

– Bottrop. Filmpark Movie World.

In der Mittagspause in unserer Mitarbeiterkantine. Zum Schnitzel stehen zwei Soßen zur Auswahl.

Ich: »Was für eine Soße ist denn die helle da?«
Koch: »Keine Ahnung, die war schon da, als ich kam.«

höhenrausch der anderen art

– Biebesheim.

Ein großer Mann (ca. zwei Meter) läuft an einer Mutter mit Kind vorbei. Das Kind sieht den großen Mann mit ebenso großen Augen an.

Kind: »Wie bist du so groß geworden?«
Mann: »Drogen, mein Kind, Drogen.«

i'm on a highway to detmold

– Bielefeld. Vor dem Bahnhof.

Ein gelangweilter junger Typ im Anzug wartet, auf der Bordsteinkante stehend, auf den Bus.
Plötzlich schießt ein himmelblauer Porsche Targa heran und hält mit quietschenden Reifen vor dem jungen Mann. Ein auf Playboy getrimmter Opa lehnt sich locker, mit dem Ellbogen auf der Tür, aus dem Fenster, schaut zu dem jungen Mann herauf und plärrt heraus:

»ICH WILL NACH DETMOLD!!!«

Junger Mann (ohne zu zögern): »DANN FAHR DOCH, DU SACK!!!«

schlag unter die kathetergrenze

– Mettmann.

Anlässlich des 93. Geburtstages meines Opas kommen auch ein paar Nachbarn in seine Wohnung um zu gratulieren.

Nachbarin (sechzig): »Jetzt sind Sie ja schon 93. Mit viel Glück erleben wir ja noch Ihren hundertsten Geburtstag!«
Opa: »Ja, vielleicht. Mit sehr viel Glück erlebst auch du den noch.«

in der bank beschissen

– Schladen. In einer Sparkasse.

Eine Mutter ist mit ihrem Sohn (ca. zwei) in der örtlichen Sparkasse. Die Mutter nimmt das Geld entgegen.

Junge: »Uups!«
Mutter: »Hast du in die Hose gemacht?«
Junge: »Ja!«
Mutter: »Groß oder klein?«
Junge: »Nicht klein …«
Mutter: »Können wir kurz die Toilette benutzen?«
Sparkassenmitarbeiter: »Ist das denn noch nötig?«

reden ist silber, schweigen ist sicher

– Berlin. In einer S-Bahn.

Eine Interviewerin von der Bahn geht im Waggon umher und erkundigt sich bei Leuten nach den Strecken, die sie befahren, etc. Als sie einen Mann fragt, ob sie eine kurze Umfrage machen kann, sagt der:

»Nee, nee, ick hab gestern bei 'ner Umfrage von meiner Telefongesellschaft mitjemacht, und heute is meine Leitung tot. Wenn ick jetzt bei Ihnen die Umfrage mitmache, is morgen meine Monatskarte weg.«

kontaminiert mit dummheit – vermeiden sie jeglichen hautkontakt!

– Dortmund. In einem Supermarkt.

In der Schlange an der Kasse.

Kunde #1: »Können Sie mir mal bitte die *Bild*-Zeitung rüberreichen?«
Kunde #2: »Nee, tut mir leid, die fass ich nicht an!«

seine letzten worte waren …

– Bad Hersfeld. Berufsschule Obersberg.

Erster Unterrichtstag in der FOS-Klasse. Die neue Deutschlehrerin kommt herein und wünscht allen einen guten Morgen. Ein Schüler kippelt mit seinem Stuhl.

Lehrerin: »Wissen Sie eigentlich, dass jährlich zwischen drei und fünf Schüler sterben, weil sie vom Stuhl fallen und sich das Genick brechen?«
Schüler: »Keine Sorge, mein Gemächt zieht mich nach vorne. Ich kann gar nicht nach hinten fallen!«

lauf, solange du kannst!

– Augsburg. In der Regionalbahn.

Ein extrem lautes Kind, dem die Mutter schon etliche Male gesagt hat, es solle sich hinsetzen, rennt grölend durch den Zug. Schließlich bleibt es bei einem Typ stehen, dessen gegenüberliegende Sitzbank nach oben und unten geklappt werden kann. Das Kind setzt an, die Bank nach unten zu klappen. Der Typ nimmt seinen Blick vom Fenster, schaut das Kind mit versteinerter Miene an und sagt:

»Geh zu deiner Mutter, wenn du leben willst!«

mein name ist milkahase

– München. In der U6.

Meine Freundin und ich lernen in der U-Bahn einen Schwarzen kennen. Im Zuge unseres Smalltalks fragen wir ihn, wo er herkommt. Damit meinen wir eigentlich, aus welchem Teil von München. Seine Antwort:

»Aus der Schokoladenfabrik.«

mission impossible in königsblau

– Düsseldorf.

Zwei Typen in BVB-Trikots laufen auf der einen Straßenseite, ein anderer Typ in Schalke-Dress rollt in seinem Rollstuhl (beide Beine amputiert) auf der gegenüberliegenden Straßenseite.

Rollstuhlfahrer (offensichtlich etwas angetrunken): »Scheiß-BVB, Scheiß-BVB!«
Dortmund-Fans (grölend): »Steh auf, wenn du Schalker bist, steh auf, wenn du Schalker bist!«

knietief in der geschichte

– Heidelberg. In einer Schule.

Während des Geschichtsunterrichts.

Lehrer: »Wie sah eine Stadt vor 400 Jahren aus?«
Schüler: »Kacke auf den Straßen!«

friedhof der konsolenspiele

– Hannover. In einem Saturn-Markt.

Ein offensichtlich etwas schüchterner Junge (ca. zehn) irrt einige Zeit durch den Elektromarkt. Endlich kann er sich dazu durchringen, einem Verkäufer die lang überlegte Frage zu stellen.

Junge: »Äh … wann bekommen Sie denn wieder GameCube-Spiele?«
Der Verkäufer schaut ihn böse von oben an und meint trocken: »GameCube ist tot!«

Der Junge verlässt verstört den Laden …

na, beule vom bullen?

– Neuhausen ob Eck. Southside Festival.

Ein junger Typ im roten Cabrio wird bei einer Polizeikontrolle rausgewunken.

Polizist: »Na, Porsche von Papi?!«
Cabrio-Typ: »Na, Passat vom Staat?!«

trotz vieler mäuse nur karnickel

– Hannover. Im Marktkauf in der Langenhagener Straße.

Vor mir an der Kasse steht eine Mutter mit einer quengelnden Vierjährigen, die der armen Mutter permanent Löcher in den Bauch fragt. Vor den beiden steht eine ältere Dame, die einen Mantel mit großem Pelzkragen trägt.

Tochter: »Was hat die Frau da am Hals?«
Mutter: »Das ist ein Pelzkragen.«
Tochter: »Pelz? So wie das Fell bei Mäusen?«
Mutter: »Ja.«
Tochter: »Iiiih! Die hat Mäuse um den Hals!«

Die Dame dreht sich um und schaut pikiert auf das quietschende Mädchen herab.

Mutter: »Nein Kleines, das sind keine Mäuse.«

Die Dame wendet sich leicht verärgert wieder ab.

Mutter: »Das sieht eher wie billiges Kaninchenimitat aus.«

pihsah hautnah

– Esslingen am Neckar. Im Service-Center einer Bank, Überweisungshotline.

Agent: »Wer ist der Empfänger des Geldes?«
Kunde: »Busch.«
Agent: »Busch wie Strauch?«
Kunde (entrüstet und anschließend buchstabierend): »Nein, wie der amerikanische Präsident! B-U-S-C-H!«

pimp your ego – schon ab 25 cent!

– Bad Kreuznach. In der Fußgängerzone.

Eine leicht angegammelte Frau sieht einen jungen Mann, geht auf ihn zu und sagt:

»Sorry, du siehst gut aus.«

(Pause)

»Hast du mal 25 Cent?«

wer braucht schon diese scheiß-vitamine

– Riedstadt. In einer Apotheke.

Eine Mutter mit ihrer Tochter (ca. 13) steht am Tresen. Sie bittet den Apotheker um ein Vitamin-B_{12}-Präparat, da ihre Tochter Vegetarierin sei, Vitamin B_{12} aber vorwiegend über die fleischliche Nahrung dem Körper zugeführt werde und sie daher einen Mangel bei ihrem Kind befürchte. Daraufhin entsteht folgender Dialog:

Teenager: »Aber ich esse doch immer die Cini-Minis, da steht doch drauf, dass Vitamin B_{12} drin ist!«
Apotheker: »Das ist ein Getreideprodukt, richtig? Weißt du, warum da Vitamin B_{12} drin ist? Wie das da reinkommt?«
Teenager: »Nein.«
Apotheker: »Das Vitamin B_{12} kommt da über das Getreide rein.«
Teenager: »Aha.«
Apotheker: »Und weißt du, wie das Vitamin B_{12} ins Getreide kommt?«
Teenager: »Nein.«
Apotheker: »Über den Dung.«

Er erntet einen verständnislosen Blick und setzt in leicht genervtem Tonfall nach:

»Weil der Bauer die Schweinekacke übers Feld versprüht!!«

schön ist, wer sich schön fühlt

– Köln. Auf der Domtreppe.

Nach dem Einkaufen in der Kölner Innenstadt lasse ich mich unweit einer Gruppe stark gepiercter Emomädels auf der Domtreppe nieder. Kurz darauf taucht eine Frau mit ihrer Tochter auf, die etwa das gleiche Alter wie die Mädchen hat. Voller Überzeugung tönt die Frau ihrer Tochter für alle hörbar entgegen:

»Also Herzchen … DAS ist ja auch eine Methode, sich die Männer vom Hals zu halten!«

vielleicht sollte er seine freunde wechseln

– Ulm. In einem Bus.

Zwei Freunde unterhalten sich über andere Jungs aus ihrer Schule.

#1: »Ey Mann, diese dummen Neger verticken Drogen und machen sich von dem Geld alle Weiber klar!«
#2: »Ist dir eigentlich schon mal aufgefallen, dass ich auch schwarz bin?«
#1: »Ja siehste, ich hab Recht.«

sie will doch nur spielen

– Köln. Im McDonald's am Rudolfplatz.

Es ist 10.20 Uhr und deswegen gibt es nur die Frühstücksangebote. Eine Frau (ca. vierzig) steht an der Kasse und es kommt zu folgendem Dialog:

Frau: »Ich hätte gern ein Big-Mac-Menü.«
Verkäuferin: »Tut mir leid, aber Hamburger gibt es erst ab 10.30 Uhr.«
Frau: »Wie? Kann ich jetzt keinen Hamburger essen?«
Verkäuferin: »Wie gesagt, leider erst ab halb elf.«
Frau (ungläubig): »Ich krieg jetzt im McDonald's keinen Big Mac?«
Verkäuferin: »Wenn Sie ein Happy Meal nehmen, können Sie einen Hamburger bekommen.«
Frau: »Aha. Und was kostet das?«
Verkäuferin: »Das ist zwar teurer … (Pause) … aber Sie kriegen auch ein Spielzeug dazu!«

synapsen-akten

– München. In einem Büro.

Mitarbeiterin: »Die Telefonnummer hab ich nicht in meinen Unterlagen!«
Chef: »Wo haben Sie denn die Unterlagen?«
Mitarbeiterin: »Im Kopf.«

spielstand 0:2

– Dortmund. In einer Wohngemeinschaft.

Zwei Mitbewohner in ihrer Wohnung, aber in verschiedenen Räumen.

#1 (schreit): »Hey, was machst du?«
#2 (schreit zurück): »Fernsehen!«
#1: »Was kommt denn?«
#2: »Deutschland gegen Russland!«
#1: »Welche Sportart?«
#2: »Krieg!«

skandal um rosie

– Hamburg. In einem Zug.

Vier äußerst betrunkene junge Männer steigen samt Bier am Hamburger Hauptbahnhof ein. Sie hatten offenbar ein sehr berauschendes Erlebnis mit einer gewissen Rosie. Lautstark unterhalten sie das gesamte Abteil und erzählen ausschweifend von der wunderbaren Rosie. Jede vorbeigehende Frau wird mit ihr verglichen und anschließend beschimpft. Das ganze Abteil ist bereits kurz vorm Nervenzusammenbruch, als dieser Dialog zwischen einem nüchternen Fahrgast und den Betrunkenen entsteht.

Betrunkener #1 (lallend): »Und, woher kommen Sie?«
Fahrgast: »Aus Hamburg.«

Der Fahrgast redet ganz ernst mit den Betrunkenen. Man merkt aber, dass er sie kein bisschen für voll nimmt.

Betrunkener #2 (begeistert): »Na, dann kennense doch auch die Reeperbahn?«
Fahrgast: »Na klar!«
Betrunkener #3: »Dann kennense doch bestimmt auch die Rosie!«
Fahrgast: »So eine große Blonde?« (Die Betrunkenen hatten Rosie vorher im Detail beschrieben.)

Die angetrunkenen Rosie-Fans sind nun völlig aus dem Häuschen, können diese Schicksalsfügung offenbar nicht verstehen.

Betrunkener #1 (grölend): »Er kennt sie auch, er kennt sie auch, das gibt's nicht!!!«
Betrunkener #3 (voller Begeisterung): »Die Rosie, die weiß, was Männer wollen, ne?«
Fahrgast (völlig ernst): »Selbstverständlich, sie war ja früher selbst mal einer.«
Betrunkener #1 (völlig humorresistent): »Nee, oder?«

Die vier sehen nun stark geschockt aus und verhalten sich für den Rest der Fahrt auffällig still, das Thema Rosie meidend.

stop that train, i'm leaving ...

– Hannover. Hauptbahnhof.

Ich stehe am Bahngleis und warte. In meiner Nähe steht ein Bahnangestellter, der den ausfahrbereiten ICE beobachtet. Gerade als der ICE die Türen schließt und der Zug anfährt, kommt ein gut gekleideter Herr angehetzt. Er ruft dem Bahnangestellten zu, er müsse den Zug unbedingt bekommen und er solle diesen anhalten.

Bahnangestellter (trocken und leise): »Stopp, Stopp.«

Dann zum Herren: »Ich hab's versucht, es hat nicht geklappt.«

umstellung auf studentenzeit

– Burgdorf.

Um die Mittagszeit, gegen eins, im Radio.

Moderator: »Einen schönen guten Tag, liebe Zuhörer. Guten Morgen, liebe Studenten.«

teilzeit-handicap

– Gundelfingen. Aldi-Parkplatz in der Industriestraße.

Ein Mittelklassewagen braust heran und stellt sich zielgenau auf den Behindertenparkplatz in bequemer Reichweite zum Eingang. Eine jüngere Frau steigt aus und trippelt auf Stöckelschuhen Richtung Eingang.

Kunde: »Sie, das ist ein Behindertenparkplatz, auf den Sie sich da gestellt haben!«
Frau (schnippisch): »Was geht SIE das denn an? Und außerdem ... bin ich behindert.«
Kunde: »Ja, die meinen aber KÖRPER-behindert!«

ey, der hat angefangen!

– Bremerhaven. In einer Schule.

Der Theaterkurs sitzt im Proberaum. Der Lehrer zeigt einer Schülerin, wie sie eine Szene, in der sie durch die Tür reinkommt und jemanden beschimpft, zu spielen hat. Der Lehrer brüllt nach draußen:

»Verpiss dich doch, du Arschloch!«

Von draußen hört man einen Jungen zurückbrüllen:

»Dann komm doch her!!!«

antifan der ersten stunde

– Bochum. Festival Bochum Total, Ringbühne.

Wir hatten uns fürchterlich abgehetzt und stehen nun im Regen vor der Ringbühne, um uns die Band *Rotersand* live anzusehen. Offensichtlich hat der Sänger gute Laune. Es kommt zu folgendem Dialog zwischen ihm und dem Publikum.

Sänger: »Im September 2002, da hat alles angefangen! Und in welcher Stadt war das?«
Publikum: »Bochum!«
Sänger: »Richtig, Bochum. Und in welchem Club?«
Publikum (einstimmig): »Matrix!«
Sänger: »Richtig, Zwischenfall. War einer von euch da?«

In diesem Moment winkt ein ca. zwei Meter großer Mann hinter uns. Wir stehen recht weit vorne, trotzdem sieht der Sänger ihn nicht.

Mann: »Ich! Ich war da! Und ich fand euch scheiße!«

Immer noch keine Reaktion. Der Mann noch einmal leiser und resignierend in die Runde:

»Verdammt, ich fand die wirklich scheiße.«

diese stimmung in den keller getrieben

– Unna. In einer Buchhandlung.

Ein älterer Herr fragt eine Verkäuferin: »Wo haben Sie denn Lexika?«
Verkäuferin: »Die bekommen Sie unten im Keller.«
Älterer Herr (nickt): »Aha, DA sitzen hier die klugen Leute.«
Verkäuferin: »Ja, und DA wird auch gelacht.«

verkäufer war schon immer sein traumberuf

– München. In einem großen Kaufhaus.

Ein Kunde fragt einen Verkäufer nach einem bestimmten Artikel.

Verkäufer: »Was immer Sie suchen, wir haben es nicht!«

verliebt in berliner

– Berlin. HIT-Markt Ullrich.

In der Backabteilung.

Kunde: »Ich hätte gerne zwei Berliner.«
Verkäuferin: »Hätt ick och jerne.«

voller fahrer, leere drohung

– Frankreich. Atlantikküste.

Abschlussfahrt der 13. Klassen, spätabends in einer Bungalowsiedlung am Meer. Es sind ausschließlich Abiturienten zu Gast in der Anlage. Es wird viel und laut gefeiert. Plötzlich steht der Deutsch sprechende Besitzer der Anlage auf der Matte und ist stocksauer. Er baut sich bedrohlich vor der feiernden Meute auf und fängt lautstark an, die Leute anzubrüllen:

»Wenn hier nicht augenblicklich Ruhe einkehrt, fährt die gesamte Bande noch heute Nacht nach Hause! Verstanden?«

Von einem der Picknicktische meldet sich der völlig betrunkene Fahrer des Busunternehmens aus Deutschland zu Wort:

»Also ich fahr heut sicher nirgendwo mehr hin.«

geiz ist geil

– Düsseldorf. In einem Saturn-Markt.

Eine Kundin in der Abteilung für Unterhaltungselektronik versucht zu handeln und sucht dazu einen Verkäufer auf.

Kundin: »Lässt sich da preislich noch etwas machen?«
Verkäufer: »Nach oben hin schon.«

wahrheit oder wodka?!

– Wehldorf. Meyers Tanzpalast.

Zwei Mädchen stehen vor dem Spiegel auf der Damentoilette und betrachten sich kritisch im Spiegel.

#*1:* »Boah! Seh ich scheiße aus!«
#*2:* »Stimmt doch gar nicht!«
#*1:* »Doch!«
#*2:* »Du willst doch nur hören, dass du gut aussiehst!«
Es entsteht eine Pause, in der die zwei sich einfach nur anschauen.

#1: »Ach egal, gehn wir noch einen saufen!«

warum ist papa bloß kein bayern-fan?

– Erlangen. Vor dem E-Werk.

Nach der Liveübertragung des Bundesligaspiels Wolfsburg – Nürnberg. Der ›Club‹ hat 1:3 verloren, die Stimmung ist dementsprechend schlecht. Ein etwa vierzigjähriger Mann setzt sich auf sein Fahrrad und verabschiedet sich von seinen Kumpels:

»So a Scheißspiel! Ich geh jetzt ham und schlag mein Sohn. Also, Servus!«

was kann denn die familie dafür?

– Freiburg. In der Fußgängerzone.

Ein junger Mann verteilt Prospekte von Amnesty International.

Junger Mann (zu einem Passanten): »Hätten Sie kurz mal Zeit für Menschenrechte?«
Passant: »Nee, ich pfeif auf den ganzen Menschenrechtekram.«
Junger Mann: »Dann warten Sie mal ab, bis Ihre ganze Familie von einem Diktator abgeschlachtet wird. Schönen Tag noch!«

gepfefferter konter

– Berlin-Spandau. Auf dem Weihnachtsmarkt.

An einer Wurstbude stehen Schilder, die Verschiedenes anpreisen. Unter anderem auch: ›Bratwurst 2,– lecker!‹ und ›Thüringer 2,50 riesig!‹

Kunde: »Bei der Thüringer steht ja nur ›riesig‹, gibt's die auch in ›lecker‹?«
Wurstmann: »Nee, die gibt's nur in ›würzig‹.«

wenn das hirn zu oft begattet wird

– Castrop. In einem Bus.

Drei Checker (ca. 16) steigen in den Bus ein. Der eine setzt sich gegen die Fahrtrichtung hin. Nach ein paar Minuten steht er auf und setzt sich auf den Sitz gegenüber – jetzt in Fahrtrichtung – mit dem Kommentar:

»Boooah, Rückwärtsfahren fickt krass meinen Kopp!«

wer braucht heut noch akademiker?!

– Berlin. Bahnhof Alexanderplatz.

Eine Frau verteilt Broschüren eines deutschen Industrieunternehmens, die sie scheinbar unbedingt so schnell wie möglich loswerden will. Daher ist sie sehr penetrant. An ihr geht ein junger Mann vorbei.

Frau: »Hey, das ist was für dich.«
Junger Mann: »Nein danke.«
Frau: »Aber da kannst du eine Ausbildung machen.«
Junger Mann: »Kein Interesse.«
Frau (wedelt mit den Industriebroschüren): »Doch, das ist super, das ist deine Zukunft.«
Junger Mann (geht weiter): »Tut mir leid, ich bin Student, ich hab schon eine Zukunft.«

Die Frau schreit ihm verzweifelt und beleidigt hinterher:

»Nein, du hast keine Zukunft!«

alles wurde besser, nachdem sie *schnorren für profis* gelesen hatte

– Berlin. U-Bahnhof Wedding.

Eine Frau mit Hund kommt uns am Bahnhof entgegen und fragt:

»Haben Sie vielleicht ...«

(Pause)

» ... noch 'ne Waschmaschine im Keller stehen, die Sie nicht mehr brauchen?«

service light

– Osnabrück. Hauptbahnhof.

Ein Kunde will sich am Bahnschalter beraten lassen. Der Bahnangestellte wirkt unmotiviert und unhöflich.

Kunde: »Kann ich da auch über Münster fahren?«
Schaltermann: »Nö.«
Kunde: »Aber da gilt das NRW-Ticket?«
Schaltermann: »Nö.«
Kunde: »Nicht sehr kundenfreundlich ...«
Schaltermann: »Mit Kundenfreundlichkeit hat das gar nichts zu tun!«
Kunde: »Stimmt!«

willste malle, musste trinken

– Frankfurt. Am Flughafen.

An der Sicherheitskontrolle steht eine junge Frau mit Kinderwagen vor uns. In der Ablage des Wagens befindet sich ein großer Getränkebecher von McDonald's. Der Sicherheitsbeamte erklärt:

»Mit dem Kinderwagen können Sie hier nicht lang. Schauen Sie mal da links, da haben wir einen Extradurchgang. Aber die Cola müssen Sie vorher noch austrinken. Die dürfen Sie nicht mitnehmen.«

Die junge Frau sagt nix und guckt nur ziemlich verständnislos aus der Wäsche.

Der Sicherheitsbeamte mustert sie und fragt: »Wohin geht's denn? Nach Mallorca?«
Sie: »Lanzarote … muss ich dann auch austrinken?«

wuffi und der wunde punkt

– Jülich. Bei einem Tierarzt.

Ich sitze im Wartezimmer und warte, dass ich drankomme. Die stark übergewichtige Tierarzthelferin kommt ins Zimmer und ruft einen Mann auf. Auf dem Weg ins Behandlungzimmer kommt es zu folgendem Dialog.

Helferin: »Ihr Hund neigt aber zu starkem Übergewicht!«
Mann: »Ist es unverschämt, wenn ich sage, Sie auch?«

zu weit aus dem windows gelehnt

– Berlin. In einem Fotogeschäft.

Ein Kunde kommt total verwirrt und aufgelöst in einen Fotoladen und schreit:

»HILFE, ICH HABE DAS INTERNET ZERSTÖRT!«

TECHNIK UND ANDERE PROBLEME – „HILFE, ICH HABE DAS INTERNET ZERSTÖRT!"

Sie besitzen ein eigenes Handy? Sie haben Internetanschluss? Ihr neuer Fernseher ist so richtig flat? Ja?! – Welcome to the Jungle! Doch Vorsicht: Im Technikwald hat man sich schnell verirrt. Denn wer kann schon sicher sagen, ob sich der neue LSD-Anschluss wirklich lohnt oder der Fluxkompensator die klügere Wahl ist? Und wie viel pH-Wert darf denn nun eigentlich drin sein, in der ganzen dialogen Revolution? Fragen Sie nicht – es könnte Sie jemand hören! Erklären Sie sich doch einfach Ihre Welt einmal selbst. So machen es zumindest die meisten Ihrer werten Mitbürger. Und solange Sie dabei nicht das Internet zerstören, ist doch alles im roten, ähhh grünen Bereich.

high oder highspeed – die erste

– Würzburg. In der Straßenbahn.

Gespräch zwischen Schülerinnen (ca. 17). Es geht um das Thema Drogen und Suchtgefahr.

#1: »Ich hab bis jetzt nur mal gekifft, aber der Bringer war des auch net.«
#2: »Also ich ja auch, aber mein Ex, der hat ja sogar DSL genommen!!«

high oder highspeed – die zweite

– Lüdenscheid. In einem T-Punkt.

Ein älteres Ehepaar kommt in den Laden und möchte ein neues Funktelefon kaufen.

Frau: »Wir suchen ein einfaches Funktelefon, mit dem man nur telefonieren kann. ISDN und LSD haben wir schon.«

erst gammelfleisch und jetzt das!

– Köln-Kalk. In einem Supermarkt.

Junge Frau: »Iiiih! Das kauf ich nicht! Da ist pH-Wert drin!«

hurra, hurra, die schule brennt

– Hamburg. In einer Schule.

Während des Unterrichts. Die Feuersirene heult laut auf. Von der Lehrerin keine Reaktion.

Schüler: »Sollten wir nicht runtergehen, vielleicht brennt es?«
Lehrerin: »Nein, das ist nur ein Probealarm.«
Schüler: »Und wann weiß man, wann richtiges Feuer ist?«
Lehrerin: »Das kündigen die eigentlich immer vorher an.«

er vergaß wurstwasser, fahrradschlauch und mundgeruch

– Berlin. In der Straßenbahn.

Drei Jungen unterhalten sich und kommen auf das Thema Elemente:

#1: »Wie viele Elemente gibt es eigentlich?«
#2 *(blickt zu #3, dem Ältesten, auf):* »Sechs, oder?«
#3: »Nee, es gibt zwölf!«
#2: »Ja, genau. Stimmt! Zwölf waren da!«
#1: »Und was für welche waren das?«
#2: »Na Wasser, Feuer, Liebe, Erde …«
#3: » … und dann noch Kraft … und die vierte Dimension!«
#1: »Echt?!? Wusst ich nicht!«
#3 (gönnerhaft): »Naja, das lernt ihr auch noch in Physik!«

zurück in die beziehungskrise

– Leipzig. Im Conrad-Elektronik in der Markranstädterstraße.

Eine junge Kundin steht an der Information.

Kundin: »Ich suche einen Fluxkompensator. Haben Sie den hier?«
Verkäufer: »Nee, nicht dass ich wüsste. Was ist denn das?«
Kundin: »Keine Ahnung, mein Freund möchte den haben.«
Verkäufer: »Ich sehe mal im Computer nach …«
Sie: »Er wird auf jeden Fall mit ›X‹ geschrieben und soll wohl so ungefähr dreißig Euro kosten, sagt mein Freund.«

Es kommen schließlich noch drei weitere Verkäufer hinzu und überlegen, wo man einen Fluxkompensator für dreißig Euro denn erwerben könnte. Sie beharrt darauf, dass ihr Freund unbedingt und ganz schnell einen Fluxkompensator braucht. Ein weiterer Kunde löst es dann auf und sie läuft mit hochrotem Gesicht aus dem Laden.

die dialoge revolution

– Bad Endorf. Bei einem Zahnarzt.

Im Wartezimmer tauschen sich zwei Frauen (ca. fünfzig) über ihre neuesten technischen Errungenschaften aus.

#1: »Ich habe zum Geburtstag ein Handy bekommen, obwohl ich eigentlich gar keins brauche.«
#2: »Und wir haben jetzt unser Telefon umgestellt. Von analog auf dialog.«

hilfe, ich habe frucht im saft!

– Berlin. Vor dem Kühlregal in einem Aldi.

Zwei Frauen unterhalten sich.

#1: »Oh! Die haben hier auch O-Saft im Kühlregal!«

Sie nimmt sich einen roten und einen orangefarbenen Saft und schaut sich den Direktsaft an.

#1: »Welcher schmeckt besser, der normale oder der mit Blutorange?«
#2: »Ich würde keinen von beiden nehmen, die sind nicht gut.«
#1: »Wieso? Hier steht laut Stiftung Warentest ›Gut‹?«
#2: »Ich habe mir mal einen geholt. Als ich ihn zu Hause eingegossen habe, flockte der schon aus. Ich musste den ganzen Saft wegkippen.«

einen vom pferd erzählt

– Autobahn A9. Auf einem Rastplatz.

Ein junges dynamisches Pärchen ist gerade aus seinem schnellen Auto ausgestiegen.

Sie: »Was bedeutet eigentlich PS?«
Er: »Pferdestärke.«
Sie: »Hihi! Verarschen kann ich mich selber!«

email und die detektivinnen

– Ibbenbüren.

Ich belausche in der Küche ein Gespräch zwischen meiner 55-jährigen Mutter und ihrer gleichaltrigen Freundin. Offensichtlich unterhalten sie sich über die neusten Trends im Bereich der Kommunikationsbranche.

Mutter: »Sag mal, wie funktioniert das eigentlich mit diesen Emils?«
Freundin: »Keine Ahnung, ich hab doch auch noch kein Handy.«

erna, steck den stecker rein … wir machen strom!

– Bautzen. Im Baumarkt B1.

Kundin: »Haben Sie ein Notstromaggregat?«
Verkäufer: »Na klar. In welcher Preisklasse soll es denn sein?«
Kundin: »Das ist egal … Und funktioniert das auch noch, wenn der Strom ausfällt?«

ein echtes nachtschattengewächs

– Dortmund. In einer Bäckerei.

Kunde: »Ein Kartoffelbrot bitte.«
Verkäuferin: »Macht zwei fünfzig bitte.«
Kunde: »Das ist wahrscheinlich mit Kartoffeln, oder?«
Verkäuferin: »Äh, weiß nicht, hab echt keine Ahnung, noch nie drüber nachgedacht.«
Kunde: »Im Quarkbrot ist ja auch Quark.«
Verkäuferin: »Wie gesagt, weiß nicht, das ist neu, keine Ahnung, was da drin ist. Das mussten sie ja irgendwie nennen und dann haben sie es eben Kartoffelbrot genannt. Es gibt ja auch Joggingbrot und so. Das Kind brauchte halt einen Namen!«
Kunde: »Äh …«

flügelwechsel über den wolken?

– Leverkusen. Willy-Brandt-Ring, auf Höhe des Sportflugplatzes.

Während einer Fahrstunde erblickt der Fahrlehrer ein Segelflugzeug, welches von einer anderen Maschine durch die Luft gezogen wird.

Fahrlehrer: »Guck mal, das hintere Flugzeug hatte wohl eine Panne und wird jetzt wieder zum Flugplatz geschleppt.«

Fahrschülerin schweigt. Dreißig Minuten vergehen.

Fahrschülerin: »Man kann doch gar nicht mit einem Flugzeug in der Luft liegenbleiben!«
Fahrlehrer: »Du hast jetzt nicht wirklich dreißig Minuten darüber nachgedacht, oder?«

vielleicht meinte er belauscht.de

– Erlangen. Universität.

Zwei Studenten unterhalten sich.

Student #1: »Ich hab da eine tolle Internetseite gefunden, zu genau diesem Thema. Die musst du dir unbedingt mal anschaun. Die Adresse ist: www … den Rest hab ich vergessen!«

gewählt verwählt

– Gönningen.

Meine Schwiegermutter (ca. siebzig) hat gerade ihr erstes Handy bekommen. Es klingelt, sie geht ans Handy. Sehr kurzes Gespräch, dann legt sie auf. Alle schauen sie erwartungsvoll an.

Schwiegermutter: »Da hat sich wer verwählt.«

(Pause)

»Woher hat der meine Nummer?«

handy ohne mutterschutz

– Mainz. In der Straßenbahn.

Zwei Jungs (ca. zwölf) diskutieren morgens in der gut gefüllten Straßenbahn lautstark, wer von ihnen denn das bessere Handy hat.

#1: »Ey, mein Handy ist viel besser, das hat T9!«
#2: »Ach, dein Handy is voll scheiße! Wie lang hast du des? Zwei Monate und schon kaputt. Voll das Billigteil!«
#1 (lautstark verteidigend): »Ey du Spast! Dein Handy wär auch kaputtgegangen, wenn deine Mutter es voll gegen die Wand geworfen hätt.«

isch drück disch grün und rot, alder!

– Stuttgart. An einer Ampel.

Zwei Jungs (ca. 15) stehen an einer Ampel und warten. Die Ampel bleibt rot, deshalb drückt der eine Junge sehr oft hintereinander auf den Ampelknopf.

#1: »Ey, warum druckscht du so oft da drauf?«
#2: »Ey, isch doch logisch, wenn isch tausendmal druck, denkt die Ampel, da stehn tausend Leute und macht dann schneller grün, Alder!«

unterwegs mit hundert kilometer pro kilometer

– Köln. In einem Café.

Eine Frau versucht ihrer Freundin eine Wegbeschreibung zu geben.

#1: »Also, du fährst ca. fünfzig Kilometer auf der A3 bis Kreuz Breitscheid und dann auf die A52 Richtung Essen. Nach so etwa zwölf Kilometern kommt dann die Ausfahrt Essen-Rüttenscheid.«
#2: »Ja, aber was ist denn, wenn ich schneller fahre?«

jetzt bin ich platt

– Norderney.

Ein Kumpel bekommt einen Telefonanruf von einer Freundin. Sie erzählt am Telefon irgendwas über den Reifen an ihrem Auto und dass dieser kaputt sei. Sie fragt ihn, ob er kommen könne, um ihr zu helfen.

Er: »Wie kaputt? Ist er platt oder nicht?«
Sie: »Na ja, unten ist er platt, aber oben hat er noch Luft.«

da gingen wohl schon einige kleine flaschen rein

– Külz.

Rosenmontag. Vater und Mutter am Wohnzimmertisch. Stolz öffnet die Mutter die beim Umzug am Nachmittag ergatterte kleine Schnapsflasche. Nach dem ersten Schluck fragt sie:

Mutter: »Oi, wie viel Alkohol hat de dann?«
Vater: »Ei, ich gläb so an die zwanzig Prozent.«
Mutter: »Wie? In de kleen Flasch?«

schlechter rat ist teurer

– Bonn. In einem Karstadt in der Haushaltsgeräteabteilung.

Kunde (zu Verkäuferin): »Das Dampfbügeleisen kostet 49,90, das ohne Dampf nur 29,90. Wann brauche ich denn ein Bügeleisen mit Dampf und was ist da genau der Unterschied?«
Verkäuferin: »Also dampfbügeln dat is, wenn se damit besser klarkommen.«
Kunde: »Na gut, dann nehm ich das mit Dampf.«

mathe on the rocks

– Düsseldorf. Nachtresidenz.

Zwei Teenies an der Bar.

#1: »Hast du dir mal überlegt, was passiert, wenn man Wodka und irgendwas Whisky-Ähnliches zusammenmixt, das müsste dann ja so um die achtzig Prozent haben!«
#2: »Hmm?«
#1: »Und wenn du dann noch was mit so um die zehn Prozent dazuschüttest, Wein oder so, dann hat man ja über hundert Prozent!«
#2: »Mann, da hast du ja Recht! Wie kann das sein?«

wenn die hohlen kohlen holen

– Stuttgart. In der U-Bahn.

Nach Feierabend. Die U-Bahn ist voll. Zwei Jugendliche (ca. 14–17) kommen in die Bahn. Der eine hält einen Kontoauszug in der Hand. Sie quetschen sich jeweils in einen Vierersitz.

#*1:* »Oah geil, isch hab voll viel Geld! 900 Euro.«
#*2:* »Geil, kannsch voll viel ausgebe.«

Kurzes Geplänkel über PC-Spiele usw. Dabei wedelt er immer mit seinem Kontoauszug rum. Plötzlich reißt er die Augen auf und greift den anderen am Arm.

#*1:* »Ey, weisch was? Isch tu mir die ganzen 900 Euro in Fünf-Euro-Scheinen ausm Automat rauslasse. Dann hann isch 'nen ganze Batze Geld. Das wollt isch schon immer.«
#*2:* »Geil, des machsch, Alder. Unn ich stell misch neben dran und guck zu.«

Beide biegen sich zwei Haltestellen lang vor Lachen. Abrupt hört der andere auf und hebt die Hand:

#2: »Ey, bischt du dumm odder was? So viel Fünf-Euro-Scheine, die passen doch gar net durch den Schlitz durch.«

mach's mit gummihandschuh

– Wuppertal. In einem Kaufhof.

Zwei ältere Damen besteigen die Rolltreppe. Eine der beiden hält sich am Handlauf fest, woraufhin die andere ihr die Hand wegreißt:

»Lisbeth, pack nich am Geländer, sonst kömmse no Huus un häs Aids!«

no country for old men

– München. Am Kleinhesseloher See im Englischen Garten.

Ich stehe am Seeufer und genieße den sonnigen Nachmittag. Neben mir auf einer Bank sitzen zwei ältere Münchner Herrschaften um die siebzig. Ein Typ Ende zwanzig kommt spazierend vorbei. Er telefoniert ziemlich offensichtlich über ein Headset und spricht deshalb scheinbar zu sich selbst. Das Gespräch scheint emotional aufgeladen zu sein (wahrscheinlich ein Streit mit einem Kumpel). Er bleibt vor der Parkbank mit den Alten stehen.

Typ (ins Headset): »ALTER!!! Lass mich doch einfach in Ruhe! Ich hab jetzt echt keinen Bock auf die Scheiße!«

Das Gespräch scheint damit zu Ende zu sein, der Typ geht weiter. Einige Sekunden verstreichen. Plötzlich wendet sich einer der Opas auf der Parkbank an den anderen.

#1: »Ja, wos wollt der denn, der Depp?«
#2: »Loss di do ned von so oam provoziern!«

pfeilschnelles schaltjahr

– Krefeld.

Drei Mädchen in der Fußgängerzone.

#1: »Boah, das Jahr war voll schnell vorbei, ey!«
#2: »Stimmt, ey! Kam mir auch voll schnell vor.«
#3: »Ja, war ja auch 'n Schaltjahr, oder?«
#1 und #2: »Mmh, stimmt, ja …«

pharmafia

– Mannheim.

Zwei Frauen (Mitte vierzig) bleiben an einem Brezelstand stehen.

#1: »Ich nehme das Schmerzmittel nicht mehr.«
#2: »Wieso?«
#1: »Die machen da so viel Nebenwirkung rein!«

rudimentäre materialkunde

– Hamburg. In einem Bus.

Zwei Ausländer unterhalten sich. Der eine versucht dem anderen zu erklären, was Schnee ist. Er wählt dafür folgenden Erklärungsansatz:

»Is nix Regen, is anderes Material.«

er war noch nie ein verwandlungskünstler

– Radolfzell. Auf einem Sportplatz.

Bei einem Leichtathletik-Wettbewerb. Einer unserer Athleten kommt wütend vom Speerwurf zurück und macht das auch ziemlich deutlich. Wir versuchen ihn zu motivieren: »Wandel doch deine Wut in Motivation um!«

Er: »Wie soll ich denn bitte Wut in Motivation umwandeln? Ich kann ja noch nicht mal wma in mp3 umwandeln!«

und was, wenn sie ein gkl braucht?

– Karlsruhe. In einem Supermarkt.

An der Obstauslage stehen zwei Mädels (ca. zwanzig) und betrachten die Bananen.

#1: »Was heißt eigentlich ›HKL 1‹ auf dem Schild hier?«
#2: »Halbes Kilo!«

was das wohl ohne T9 gekostet hat?

– Bremen. In der Straßenbahn.

Eine junge Frau (ca. zwanzig) fährt mit ihrer Mutter Richtung Innenstadt. Die Tochter tippt eine SMS, nach ein paar Eingaben sagt die Mutter:

»Kind, mach doch nicht so lang, das wird so teuer!«

tante fettl auf kaltem saugentzug

– Nürnberg. In einer Schlecker-Filiale.

Eine übergewichtige Frau stürzt in den Laden und keift sofort die junge Verkäuferin an der Kasse an.

Kundin: »Staubsaugerbeutel haben Sie nicht, oder?«
Verkäuferin (erschrocken): »Doch, zweite Reihe rechts … (dann ängstlich und zögerlich) Für welchen Typ Sauger brauchen Sie denn die Beutel?«
Kundin: »Na was meinen Sie denn? Für so einen, den man hinter sich her zieht!«

sie ist halt eine über-fliegerin

– Mönchengladbach. In einer Schule.

Im Mathe-Unterricht der elften Stufe werden Ergebnisse verglichen. Anhand einer Textaufgabe sollte die Strecke (Luftlinie) zwischen Düsseldorf und Dortmund berechnet werden.

Schülerin: »Das wären dann im Ergebnis 1083 Kilometer.«
Lehrer (grinsend): »Das kann aber nicht ganz stimmen, die Strecke bin ich schon mal mit dem Fahrrad gefahren.«
Schülerin: »Schon, aber Sie sind ja nicht Luftlinie gefahren.«

verloren im preisdschungel

– Dresden. In einem Handygeschäft.

Kunde (ca. sechzig): »Ich möchte eine CallYa-Karte.«
Verkäufer: »Wie viel Euro möchten Sie denn aufladen?«
Kunde: »Was gibt's denn?«
Verkäufer: »15, 25 oder fünfzig Euro.«
Kunde: »Okay, dann nehm ich zehn Euro.«
Verkäufer: »Nein, das gibt es nicht! 15, 25 oder fünfzig Euro.«
Kunde: »Na okay, ääh, dann nehme ich halt 15 Euro 25.«

hilfe! mein frauenarzt ist ein gynäkologe!

– Braunschweig. Klinikum Celler Straße.

Im Vorbeigehen höre ich, wie eine Schwester einer Patientin den Weg erklärt:

»Sie gehen da hin, und da ist dann der Narkosearzt. An der Tür steht zwar Anästhesie, aber eigentlich ist da der Narkosearzt.«

der barmherzige geldautomat

– Berlin. Sparkasse in den Gropius-Passagen.

Zwei Mädels (ca. zwanzig) stehen an jeweils einem Geldautomaten. Offenbar steht eine längere Shoppingtour bevor.

#1: »Und, wie viel lässt er dich ins Minus?«
#2: »Minus dreihundert ... jetzt krieg ick nix mehr!«
#1: »Komm mal hier an den, da ist wohl noch was drin.«

zu heiß für den forellenbaum

– Kassel. Im Erdkundeunterricht.

Lehrer: »... Pflanzen und Tiere passen sich nämlich dem Klima an.«
Schüler #1: »Auch die Fische?«
Schüler #2: »Ey, Fische sind doch keine Tiere, Mann!«
Schüler #3: »Ja genau, bei dreißig Grad kacken die voll ab!«

dummheit in scheiben

– Leverkusen-Schlebusch. An einer Wursttheke.

Kundin: »Ich hätte gerne hundert Gramm Salami. Aber schneiden Sie es nicht zu dick, dann wird's nicht zu teuer!«

kleiner mann – was nun?

– Hannover. Hauptbahnhof, Gleis 13.

Spätabends im (komplett videoüberwachten) Hauptbahnhof Hannover. Eine aufgebrachte männliche Stimme ertönt durch die Lautsprecher:

»Sofort den kleinen Mann wieder in die Hose stecken! Ich glaub ja, ich lüge! Mann, Mann, Mann!«

DURCHSAGEN – „SOFORT DEN KLEINEN MANN WIEDER IN DIE HOSE STECKEN!“

Kennen Sie das? Sie sitzen im Zug. Ringsum betretenes Schweigen. Plötzlich ein Knacken über Ihnen: »Achtung, Achtung! Das ist ein Durchsage … « Stille. Spannung. Fünfzig Ohrenpaare begeben sich in Lauerstellung. Es ist Showtime. Ab jetzt ist alles möglich – wirklich alles. Denn SIE sind längst unter uns: die Könige der Lautsprecher, die Rockstars der Führerkabinen, die heimlichen Meister des Mikrofons. Subversiv und unberechenbar unterwandern sie die Gleichschaltung öffentlicher Akustik. Getarnt als wütende Straßenbahnfahrer, überforderte Möbelhausangestellte oder gut gelaunte Piloten verbreiten sie Lautsprechergeflüster der ganz anderen Art. Ihr Motto: Immer frei Schnauze – bis oder manchmal auch während die letzten Hüllen fallen.

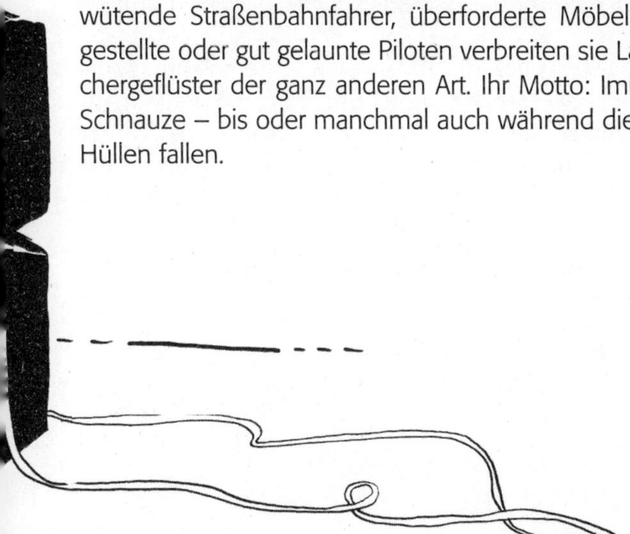

berliner u-bahn-schnauze

– Berlin. Westhafen.

Obwohl in der U-Bahn groß angeschrieben ist, dass im ersten Wagen keine Fahrradmitnahme erlaubt ist, steigt ein junger Mann mit Fahrrad dort ein. Alle warten, dass die Bahn abfährt, doch nichts passiert. Schließlich hört man ein lautes Knacken in den Lautsprechern und der Fahrer sagt laut in bestem Berlinerisch:

»Ey, kannste nich lesen? Fahrradmitnahme im ersten Wagen is verboten.«

Der junge Mann schaut etwas verdutzt. Er scheint sich nicht ganz sicher zu sein, ob er gemeint ist.

Wieder der Fahrer: »JA, ICK MEIN DICH!«

Daraufhin steigt der junge Mann mit seinem Fahrrad aus, um in den nächsten Wagen zu wechseln, wo die Mitnahme erlaubt ist. Sobald er draußen ist, schließt der Fahrer schnell die Türen und fährt los. Einen Spruch kann er sich dabei nicht verkneifen:

»Jaja, Studenten. Lange schlafen, dat könnse; aber nich mal lesen!«

mehdorn, wir haben ein problem

– Würzburg.

Der ICE hält kurz vor der Ankunft in Würzburg auf offener Strecke an. Die Fahrgäste sind nervös, Anschlusszüge müssen erwischt werden. Plötzlich die Durchsage:

»Sehr geehrte Damen und Herren, wegen einer Störung im Betriebsablauf fährt unser Zug gleich weiter!«

last exit: smaland

– Köln. Im Ikea.

Dritter Adventssamstag, ein überfüllter Ikea in Köln. Im Erdgeschoss zwischen Badeteppichen, Duschvorhängen und Bettwäsche gibt es fast kein Vor und Zurück mehr. Dann eine Durchsage über Lautsprecher:

»Der kleine Leo möchte aus dem Smaland abgeholt werden, bitte holen Sie den kleinen Leo ab!«

Ein Mann neben mir (ca. dreißig) vor sich hinmurmelnd:

»Ich wünscht, ich wär der kleine Leo.«

der super-nanny-schaffner

– Radebeul. Im Regionalexpress von Leipzig nach Dresden.

Halt in Radebeul-Ost. Auf einmal eine Durchsage:

»Sollte die Gruppe, die da gerade in den letzten Waggon eingestiegen ist, einen Betreuer haben: Ihnen würde ich mein Kind nicht anvertrauen!«

hier bahnt sich ärger an

– Köln. In der Bahn zwischen Flughafen und Hauptbahnhof.

Die Bahn kam am Flughafen bereits verspätet an und fuhr im Schneckentempo Richtung Köln. Auf der Brücke vor dem Hauptbahnhof dann die Durchsage des Zugführers:

»Sehr geehrte Fahrgäste, wir erreichen jetzt Köln Hauptbahnhof mit einer Verspätung von 15 Minuten. Grund für unsere Verspätung sind die dummen und unsinnigen Entscheidungen unserer Kollegen in der Leitstelle in Duisburg!«

die großen momente gibt's nicht nur beim fußball

– Saarbrücken. In einem Regionalexpress.

Nach dem Fußballspiel Saarbrücken – Trier ist der Regionalexpress Richtung Trier maßlos überfüllt. Durchsage:

»Sehr geehrte Fahrgäste, ich möchte Sie herzlich im Regionalexpress nach Trier begrüßen. Für die Gäste, die sich darüber beschwert haben, dass dieser Zug zu klein sei, will ich Folgendes sagen: Seien Sie doch einfach froh, dass überhaupt ein Zug da ist! Die Leute, die so gedrängt vor der Toilette stehen, können sich auch gerne in die erste Klasse setzen. Vielen Dank!«

(Zweiminütige Pause)

»Liebe Gäste, Sie können jetzt damit aufhören, die erste Klasse zu suchen, es gibt nämlich keine! Trotzdem eine angenehme Fahrt allerseits.«

führungslos da führerlos

– Hamburg. Hauptbahnhof.

Durchsage im ICE 773 von Kiel nach Stuttgart:

»Wir können nicht weiterfahren. Unser Lokführer wird vermisst.«

der kleine paul, der große fisch und ein traum in schokolade

– Landau. Auf dem Weihnachtsmarkt.

Es ist dunkel, kalt und gemütlich. Eine Frauenstimme ertönt durch die Lautsprecher:

»Der kleine Paul möchte bitte beim Schokoladenhaus abgeholt werden! Paul ist ca. vier Jahre alt, trägt eine orangefarbene Jacke und hat ein riesiges Fischbrötchen in der Hand.«

Zwei Minuten später:

»Der kleine Paul möchte IMMER NOCH beim Schokoladenhaus abgeholt werden! Ich würde ihn ja behalten, aber ich habe schon zwei Kinder.«

kleines glück im großen flieger

– Frankfurt-Hahn. Flughafen.

Unser Flugzeug landet. In guter Billigflieger-Manier beginnen einige Leute laut zu klatschen. Der Pilot meldet sich über das Mikrofon:

»Vielen Dank, das kommt bei mir nicht oft vor.«

ich packe meine koffer – ins falsche flugzeug

– Göteborg. Flughafen.

Ich sitze im Flugzeug und warte auf den Abflug nach Zürich. Das Flugzeug wartet in Reihe mit anderen Flugzeugen der gleichen Fluglinie. Plötzlich eine Durchsage des Piloten:

»Unser Abflug wird sich um wenige Minuten verzögern. Wenn Sie nach links aus dem Fenster schauen, sehen Sie das Flugzeug nach Birmingham, das unser Gepäck mit an Bord hat … Aber wir haben dafür deren Gepäck.«

links, rechts, links – sie haben die wahl!

– Karlsruhe. Hauptbahnhof.

In der S31. Kurz vor dem Hauptbahnhof kommt eine elektronische Durchsage:

»Wir erreichen nun Karlsruhe Hauptbahnhof. Der Ausstieg ist in Fahrtrichtung rechts. Der Ausstieg ist in Fahrtrichtung links. Der Ausstieg ist in Fahrtrichtung rechts. Der Ausstieg ist in Fahrtrichtung links …«

Nach einer Pause eine menschliche Stimme: »Links geht's raus!«

zur belohnung gibt's ein upgrade

– Berlin. Im Zug.

Wir sitzen im Zug. Nachdem wir am Bahnhof gehalten haben und schon wieder weiterfahren, kommt die Lautsprechermelodie, die normalerweise eingespielt wird, kurz bevor man anhält. Durchsage:

»Wie Sie hören, hat unser Bordrechner auch erkannt, wo wir gerade sind. Wir gratulieren ihm dazu.«

no-go-zone

– Wattenscheid. In einem Regionalexpress.

Ich fahre an einem Samstag mit der Regionalbahn von Duisburg nach Bielefeld. Kurz nach Verlassen des Essener Hauptbahnhofs kündigt der Schaffner per Lautsprecher mit tiefer sonorer Stimme den nächsten Haltepunkt an:

»Nächster Halt: Wattenscheid.«

(Kurze Pause)

»Wer hier aussteigt, ist selber schuld!«

erster schritt zur erfolgreichen airline: vollzählig ankommen

– Teneriffa. Aeropuerto de Tenerife Sur.

Nachdem unser Flug von Stuttgart in Teneriffa gelandet ist, kommt der übliche Abschiedsgruß der Crew. Die Fluggäste werden über das örtliche Wetter informiert und es wird gedankt, dass man mit TUIfly geflogen ist. Die Stewardess schließt die Durchsage mit:

»Wir bedanken uns, dass Sie bis zum Schluss bei uns geblieben sind.«

schwarzfahren leichtgemacht – die bahn kommt

– Zwischen Magdeburg und Stendal. In der Bahn.

Der Schaffner kommt ins überfüllte Abteil:

»Okay, jetzt mal andersrum: Ist hier jemand OHNE Ticket? Nein? Alles klar.«

Und geht wieder.

angriff der hobbypsychologen

– Biblis. Bahnhof.

Ein Freund rennt über die Gleise, aus Angst den Zug zu verpassen. Im Zug angekommen, hören wir folgende Durchsage:

»An den Jungen, der grad über die Gleise gerannt ist: Fühlst du dich jetzt cool? Bist jetzt ein ganz Toller, oder was? Kannst du dich wenigstens damit bei deinen Freunden profilieren und dein scheiß Selbstwertgefühl aufbessern, oder was?«

auch dein gepäck muss weg

– München. Hauptbahnhof.

Im ALEX von München nach Landshut.

»Sehr geehrte Damen und Herren, wir bitten Sie, Ihr Gepäck über oder unter den Sitzen zu verstauen, damit auch alle einen Sitzplatz bekommen.«

Pause.

»Das gilt auch für diejenigen, die meinen, das gilt nicht für sie!«

team of excellence

– Baden-Baden. Flughafen.

Auf der Startbahn im Flieger nach Berlin. Ansage über Bordfunk durch eine der Stewardessen:

»Nach dem Start werden ich und meine völlig überqualifizierte Kollegin Ihnen das Frühstück servieren.«

nächste woche: fortbildung bei märklin

– Köln. In der Bahn.

Mitten in Köln bleibt die Bahn zum wiederholten Male stehen. Es ist ein heißer Tag und die Leute schwitzen genervt vor sich hin. Plötzlich ertönt eine Durchsage des Zugfahrers durch die Lautsprecher:

»Meine sehr verehrten Fahrgäste, ich möchte mich bei Ihnen für die Verzögerungen entschuldigen. Diese Anlage wurde von Menschen gebaut, die nicht einmal in der Lage wären, eine Modelleisenbahn zusammenzubauen!«

für diese momente ist er zugführer geworden

– Bremen. Hauptbahnhof.

Der Intercity von Hamburg nach Köln hält vor der Einfahrt in den Hauptbahnhof Bremen. Durchsage des Lokführers:

»Sehr geehrte Fahrgäste, unsere Einfahrt in den Hauptbahnhof Bremen verzögert sich noch um wenige Minuten, da wir zu früh sind.«

Mikro aus, lange Pause. Dann:

»Ja, auch DAS kommt bei uns mal vor!«

welcome to witzair: lachen bis das cockpit brennt

– Palma de Mallorca. Flughafen.

Im Flugzeug. Durchsage eines Stewards:

»Meine lieben Fluggäste, ich habe soeben die Meldung erhalten, dass sich ein paar Gäste im falschen Flugzeug eingefunden haben. Es sollen ein paar Gäste nach München zugestiegen sein. Bitte heben Sie die Hand und melden Sie sich … Wir kommen sofort zu Ihnen!«

Das gesamte Flugzeug gerät zögernd in Panik und hebt aufgeregt die Hand.

Daraufhin der Steward erneut: » Wirklich so viele von Ihnen? Gut, dann fliegen wir doch einfach mal nach München.«

wohl etwas zurückgeblieben – geistig!

– Berlin. S-Bahnhof Baumschulenweg.

Die S-Bahn fährt gerade erst in den Bahnhof ein und öffnet die Türen, da ätzt der Fahrer schon im zackigen Ton:

»Einsteigen bitte!«

Wenige Sekunden später:

»Zurückbleiben!«

Scheinbar ist dennoch jemand schnell gesprungen, denn nun ertönt die vorwurfsvolle Durchsage:

»Kann er mir sagen, welchen Teil von ›Zurückbleiben‹ er nicht verstanden hat?«

weihnachten im u-bahn-schacht

– Berlin. U-Bahnhof Potsdamer Platz.

Am überfüllten Bahnsteig des U-Bahnhofs in der Vorweihnachtszeit. Die U-Bahn fährt ein, die Fahrgäste drängen sich auf dem Bahnsteig ungleichmäßig in den Zug hinein und ballen sich am vorderen Waggon. Es ertönt die Stimme des Zugführers über die Lautsprecheranlage:

»Ey, dit is hier keen Adventskalender, hier könnse alle Türn gleichzeitig aufmachn!«

nicht zu fassen

– Bad Münder. In einem Supermarkt.

Durchsage:

»Frau Schulze, bitte nicht wieder ALLES anfassen!«

deutschkurs auf schienen

– Berlin. In der U-Bahn.

Die Bahn bleibt plötzlich stehen, ich höre folgende Durchsage:

»Sehr geehrte Damen und Herren, aufgrund von Bauarbeiten können wir unsere Fahrt im Moment leider nicht fortsetzen.«

(Pause)

»... ladies and gentlemen, we can't drive on because of ... Bauarbeiten.«

endhaltestelle für knutscher

– Hannover. Hauptbahnhof, im Regionalexpress nach Bremen.

Durchsage kurz vor der Abfahrt:

»Hier spricht der Lokführer: Es ist jetzt 18 Uhr 21. Bitte die Türen freigeben, zügig einsteigen, das Küssen einstellen und die Fahrt genießen!«

höhepunkte im leben eines bahners

– Landstuhl. Im Regionalexpress von München nach Trier.

Vom Zug aus sieht man die A6, auf der gerade Stau ist.

Durchsage des Zugführers:

»Sehr geehrte Reisende, in Fahrtrichtung rechts sehen Sie die Alternative zur Deutschen Bahn.«

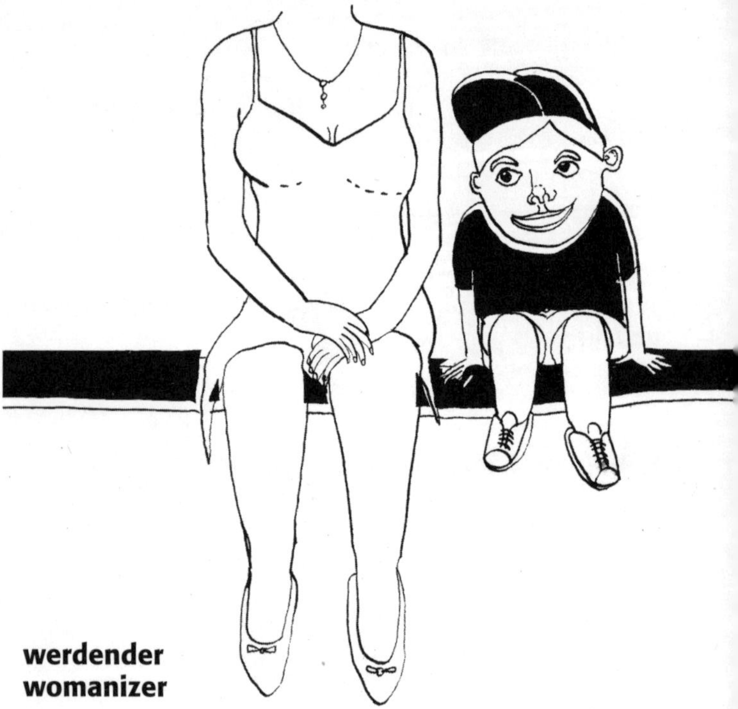

werdender womanizer

– München. In der U-Bahn.

Montagnachmittag, das Abteil ist rappelvoll. Die Menschen fahren von der Arbeit nach Hause, Kinder kommen aus der Schule und füllen die U-Bahn. Eine hübsche junge Frau (ca. 28) ergattert einen Sitzplatz. Ihr gegenüber sitzen zwei Jungs (ca. zehn) und tauschen irgendwelche Karten. Irgendwann steigt einer der Jungen aus. Der andere Knirps packt die Karten weg, schaut zu der Frau auf und sagt für alle gut hörbar:

»Endlich allein, Baby!«

FLIRT UND SEX – „ENDLICH ALLEIN, BABY!"

Sind Sie ein deutscher Mann? Dann sind Sie höchstwahrscheinlich eines nicht: sexy. Spanier haben die knackigeren Körper, Franzosen kochen besser, Italiener sprühen vor Charme und Afrikaner sitzen sowieso am längeren Hebel. Das Gen für sexuelle Attraktivität scheint bei Deutschen auf jenem X-Chromosom zu liegen, das Männer entbehren. So grinst Heidi Klum weltweit von überdimensionalen Werbeplakaten herab, während Roland Kochs Antlitz kaum den ästhetischen Anforderungen eines Kommunalwahlplakates genügt. Doch Not macht erfinderisch. Warum nicht mal durch die Gegensprechanlage flirten oder mangels Konkurrenz neue Jagdgründe auf der Damentoilette erschließen? Deutsche zwischen zehn und achtzig flirten unbeholfen, jedoch ohne Kompromisse. Und dabei kümmern sie sich nicht darum, ob irgendjemand ihr mitunter peinliches Balzverhalten belauscht. Zum Glück!

trotz überraschungsmoment: die wetten standen gegen ihn

– Esslingen am Neckar.

Mittwochmorgen, drei Uhr. Es klingelt stürmisch an der Wohnungstür.

Bewohnerin (über Freisprechanlage): »Hallo, wer ist da?«
Unbekannter: »Hallloo …? Weißt du, meine Freundin hat mich verlassen, kann ich bei dir übernachten?«

abc-schützen heute schießen schnell …

– Mannheim. In der Straßenbahn.

Mehrere Kinder steigen in die Straßenbahn ein. Ein Junge fängt an zu erzählen:

»Die Selina aus meiner Klasse, die wollte schon was vom Niko, vom Tom, von dem Kleinen da und von DIR auch (zeigt auf anderes Kind)!«

Ein junger Mann fragt den Jungen: »Wie lang seid ihr denn schon in der Schule?«

Kleiner Junge: »Zwei Wochen.«

auf meine freundin lass' ich nichts kommen, auf mich jeden

– Düren. Kulturfabrik Endart.

In der Diskothek arbeiten zwei Freundinnen. An einem Abend lernt eine von beiden einen Typen kennen.

Sie: »Komm, dahinten arbeitet meine Freundin, gehn wir mal hin, dann kannst du sie auch mal kennenlernen!«
Er: »Nee, das möchte ich nicht.«
Sie (verblüfft): »Wieso?«
Er: »Hab gehört, dass die 'ne Schlampe ist, die macht jedes Wochenende mit anderen Typen rum.«

Daraufhin lacht sie, winkt ab und sagt: »Ach Quatsch, das bin doch ich.«

in frankfurt nur an pariser gedacht

– Detmold.

Zwei Typen stehen hinter mir an einer Fußgängerampel. Sie unterhalten sich über den Ausflug des einen nach Frankfurt am Main.

#1: »Haste dann ja gar nichts gesehen von Frankfurt …«
#2: »Nee, nur Puff. Puff is das, was mich interessiert!«

erschließung neuer jagdgründe

– Heidelberg. Im O'Reilly's.

Karaokenacht. Ich sitze nichtsahnend in meiner Kabine auf der Damentoilette. Es kommt ein lautstark singender, offensichtlich betrunkener Mann herein:

»Pipi aufm Frauenklo, Frauenklo, Frauenklo!«

Ich reiße sofort meine Beine hoch, falls er auf die Idee kommt, nach Füßen zu schauen. Er entert eine Kabine und beginnt geräuschvoll, seine Blase zu leeren. Klackernde Schritte nähern sich, eine Frau kommt rein. Der Mann wittert vermutlich seine letzte Chance an dem Abend.

Mann: »Oh! Kann es sein, dass ich aufm Mädelsklo bin? Sorry!«
Frau: »Okay, passiert …«
Er: »Die Beschriftung draußen ist aber auch so schwer zu lesen, weißte? (Pause) Was machst'n heute noch?«
Sie: » …«
Er: »Willste mitgehen?«
Sie (genervt): »Ähm, ne danke, hab 'nen Freund …«
Er: »Oooch schade, siehst schon gut aus und bist voll nett.«
Sie: »Was? Nee, echt nicht!«
Er: »Schade … tschüss …«

scharf-schürzenjäger

– Gummersbach.

Auf dem Weg zum Bahnhof, auf Höhe der Schule gegenüber dem Stadthaus. Zwei Schüler (ca. 13) unterhalten sich über eine missglückte Anmache.

#1: »Ich habe der Perle voll das gute Kompliment gemacht, aber irgendwie ist die nicht drauf abgefahren.«
#2: »Was hast du denn zu ihr gesagt?«
#1: »Hey, du hast voll die verschärften Augen.«
#2: »Verstehe ich nicht. Ist doch ein super Spruch!«
#1 (kopfschüttelnd): »Weiber!!!«

wenn amors schuss nach hinten losgeht

– Stuttgart. In einem Bus.

Ein übervoller Bus, in dem jede Menge Schüler stehen. Ein Mädchen (ca. 16) steht bei ihren Freundinnen und sagt laut:

»Ey, der Typ da hinten mit der Gangstermütze ist voll an mir vorbeigelaufen und hat mir voll aufn Arsch geguckt.«

Ein Junge neben ihr, der fast ihren Hintern ins Gesicht gedrückt bekommt, sagt daraufhin trocken:

»Du siehst von hinten aber auch ehrlich besser aus als von vorne.«

die geheimnisse des subtilen flirts

– Köln. In der U-Bahn.

Ein krasser Checker kommt in die Bahn und bleibt vor einer Assibratze stehen.

Checker: »Ey Puppe, siehst geil aus.«
Assibratze: »Watt, Mann?«
Checker: »Ey Puppe, siehst geil aus.«
Assibratze: »Was los, du Arsch?«
Checker: »Ey Puppe, checkst nisch?«
Assibratze: »Was?«
Checker: »Ey Puppe, ficken?«
Assibratze: »Ey, du schwule Arsch, habsch kein Bock drauf!«
Checker: »Aber isch, also Hosen runter!«

dr. sommer erklärt weltreligionen

– Dieburg. In einer Schule.

Im Religionsunterricht. Zwei Mädels in der Gruppendiskussion.

#1: »Ich glaub ja nicht dran, dass Maria und Josef keinen Sex hatten. Wie soll sie denn sonst schwanger geworden sein?«
#2: »Naja, die haben halt einfach beim Petting nicht richtig aufgepasst.«

solange sie's nicht von papi weiß

– Braunschweig. In einem Bus.

Zwei Frauen mit ihren Kindern (ca. acht) unterwegs in die Stadt. Die Route des Busses führt an der Straße vorbei, in der das horizontale Gewerbe zu Hause ist. Hinten sitzen der Junge und das Mädchen, ein paar Reihen weiter vorn die Mütter.

Mädchen (normale Lautstärke): »Mutti, guck mal, da steht 'ne Fickfrau!«
Mutter: »Was hast du gesagt?«
Mädchen (ziemlich laut): »Guck mal Mutti, da steht 'ne Fickfrau!!«
Mutter (peinlich berührt): »Das heißt nicht Fickfrau, sondern Prostituierte.«
Mädchen (wieder laut): »O-k-a-y, dann steht da eben eine Prostitutiiierte.«
Mutter zu ihrer Freundin: »Ich glaub wir müssen hier raus …«

heute: mein erster organismus

– Langenfeld.

Zwei Jungs (ca. 13) laufen hinter einer hübschen Blondine her.

#1: »Boah, die ist so geil, die muss ich nur angucken, dann krieg ich einen Organismus!«
#2: »Mann, bist du blöd, nur Frauen kriegen einen Organismus! Männer kriegen einen Samenerguss.«

sag niemals nie

– Bremen. In der Straßenbahnlinie 1, zwischen Hauptbahnhof und Kurfürstenallee.

Ein richtig besoffener Mann (beim Döneressen) und eine recht angeheiterte Frau sitzen in der Bahn. Sie unterhalten sich über die Freundin des Mannes.

Sie: »Ich weiß gar nicht, was die hatte, als würde bei uns jemals was laufen. Dann macht die mich da voll an!«
Er: »Ich versteh das auch nicht. Ich hab ihr gesagt, dass du nur eine Freundin bist, aber die war voll auf Krawall.«
Sie: »Das ist doch nicht so schwer zu verstehen … es würde einfach NIEMALS etwas zwischen uns passieren.«
Er: »Ach ne. Ich kann dir auch echt nicht sagen, wie die darauf kommt … (Schweigen) … Aber wenn zwischen uns beiden etwas wäre, wäre das ja eh nicht so schlimm.«
Sie: »Ne, eigentlich nicht … Haste denn noch Lust mitzukommen?«
Er: »Joah schon. Hast du denn noch Kondome? Sonst müssen wir hier aussteigen und bei der Tanke welche holen.«
Sie: »Hab ich noch.«
Er: »Hast du auch noch Bier?«

es gibt immer einen dümmeren spruch

– Hannover. In der Fußgängerzone.

Mädchen: »Sag mal, findest du mich eigentlich hübsch?«
Junge: »Es gibt immer einen, der hässlicher ist als du!«

emanzipation = entmannzipation?

– Jena. In einem Café.

Neben mir sitzen drei Mädels Anfang zwanzig. Sie unterhalten sich anscheinend über ihre Eroberungen der letzten Woche. Man erhält den Eindruck, dass es mehr um bestimmte Körperteile im Speziellen geht als um die Personen im Allgemeinen.

#1: » ... Boah, und der eine war so 'ne Schildkröte.«
#2: »Warum denn Schildkröte?«
#1: »Naja, stell dir mal 'ne Schildkröte vor. Kleiner müder Kopf, kommt langsam aus seinem Panzer raus und bewegt sich dann einen Zentimeter in der Minute.«
#3: »Mein Letzter war eher so ein Lurch. Lang, schnell, wendig ... aber trotzdem irgendwie eklig.«

hardcore family

– Hamburg. An der U-Bahnhaltestelle Jungfernstieg.

Gegenüber von mir sitzen zwei Jungen (ca. zehn). Es kommt folgendes Gespräch zustande:

#1: »Hey, als was arbeitet dein Vater eigentlich?«
#2: »Keine Ahnung, ich glaube der lebt in einem anderen Land oder so was ...«
#1: »Okay ... und was macht deine Mutter?«
#2: »Meine Mutter ist Schauspielerin in Filmen, aber ohne Kleidung.«

schnellboot in den hafen der ehe?

– Köln. Venloerstraße, Ecke Thebäerstraße.

Ein englischsprachiger Passant (vermutlich Afrikaner) zu meiner Freundin, die gerade ihr Fahrrad abschließt:

Er: »May I ask you a question?«
Sie: »Yes, but I don't have much time, so please make it short!«
Er (überlegt kurz): »Are you married?«

porno killed the videostar

– Aachen. In einem Handyladen.

Zwei coole Checker stehen in einem Handyshop und warten darauf, dass der Verkäufer das gerade gekaufte Handy abrechnet. Auf einem kleinen Fernseher läuft MTV.

#1: »Ey Alder, ich hab gestern 'nen Porno auf MTV gesehen!«
#2: »Geil Mann, echt?«
#1: »Ja Mann, isch schwör … und kein normaler. Einer mit Frauen!«
#2 (mit großen Augen): »Krass!«

lustlose lust

– Köln. Hauptbahnhof.

Sonntag früh um sechs an der Supermarktkasse. Ein turtelndes Pärchen, das augenscheinlich gerade von einer Party auf dem Weg nach Hause ist, kauft noch einen Piccolo und ein Bier als Absacker. Das Ganze läuft mit viel Geknutsche und Gefummel ab. Beide bleiben dann kurz vorm Eingang stehen und führen ein kurzes Gespräch. Der Mann kommt allein zurück zu mir an die Kasse und sagt mit genervter Stimme:

»Ich hab zwar keinen Bock auf diese Frau, aber habt ihr auch Kondome?«

missglückte anmache

– Münster. Im Kneipenviertel.

Samstagnacht. Zwei attraktive Frauen (ca. 22) gehen an der Schlange vor einem Geldautomaten vorbei.

Typ (betrunken): »Hey, geiler Arsch!«
Frau: »Halt die Fresse, Jan!«
Typ: »Hä? Häääääää? Woher kennst du mich?«
Frau: »Wir waren mal zwei Wochen zusammen!«

arsch sucht dumpfbacke

– München. Rotkreuzplatz, in der Straßenbahn.

Zwei junge Typen unterhalten sich.

#1: »Eh, die kommt nie mit mir zusammen!«
#2: »Klar, die steht doch voll auf dich.«
#1: »Nee, die hat viel zu viel Menschenkenntnis.«
#2: »Hä?«
#1: Na, die checkt genau, was ich für ein Arschloch bin.«

never change a losing horse

– Bremen. Bahnhofsplatz.

Ein etwas angetrunkener Mann nähert sich einer Frau.

Mann: »Hast du nicht Lust, mit mir einen Kaffee trinken zu gehen?«
Frau: »Nein!«

Der Mann bleibt bei der Frau stehen, die Frau geht einige Meter weiter, der Mann hinterher.

Mann: »Wir können auch zu mir nach Hause gehen.«

Die Frau geht weiter, der Mann wieder hinterher.

Mann: »Ich hab auch mein Bett frisch bezogen.«

Die Frau geht weg und verschwindet in der Bahnhofshalle.

löffelstellung inklusive

– Bielefeld. In einem Real-Markt.

Zwei Jungen (ca. 16) unterhalten sich darüber, was sie kürzlich im Fernsehen geguckt haben.

#1: »Boah, und dann habe ich letztens Uri Geller geschaut! Ich sach dir, die gingen ab, ey! Das war heftig!«
#2 (leichte Skepsis und Ekel im Blick): »Urinella? Du bist voll widerlich! Du weißt genau, auf so scheiß Kack- und Piss-Pornos steh ich nicht!«

mucki-mathe

– Frankfurt. Im McFit unter der Dusche.

Ein Wandschrank türkischer Herkunft zu einem Mitduscher:

»Hey! Weißt du, am Wochenende …«
(hebt ersten Finger): » … isch«,
(hebt zweiten Finger): » … Kollege«,
(hebt dritten Finger): » … seine Freundin«,
(hebt vierten Finger): » … meine Freundin«,
(bekommt leuchtende Augen): « … haben konkret flotte Dreier gemacht!«

porzellanpüppchen vs. gummipuppen

– Dachau.

Vor einigen Jahren gab es bei uns im Ort eine öffentlich abgehaltene Diskussionsrunde über das Pfarrhaus direkt neben der Kirche. Dieses Pfarrhaus war lange leergestanden, nun frisch renoviert und sollte – da der Pfarrer längst woanders wohnte – einem neuen Zweck zugeführt werden. Während der Versammlung wurde der Einzug eines Beate-Uhse-Ladens in das alte Pfarrhaus debattiert.

Alle waren entrüstet – bis auf meine Mutter, die Beate Uhse mit Käthe Kruse (und deren Sammlerpuppen) verwechselte und den Vorschlag verteidigte:

»A geeee, de paar Puppn do, des macht doch nix!!«

es gibt themen, die eignen sich einfach nicht für smalltalk

– Leipzig. In der Straßenbahn.

Zwei Typen unterhalten sich.

#1: »Sag mal, hast du mich vorhin nicht gesehen, als du an mir vorbeigerannt bist?«
#2: »Nee, ich wollt nur schnell um die Ecke. Ich mag es nicht so, wenn man mich aus dem Sexshop kommen sieht.«

alter besen, junge bürste

– Mühlheim. In einem Laden für Geschenkartikel.

Die Chefin bedient eine alte zahnfreie Oma, welche Stammkundin in ihrem Laden ist.

Chefin: »Hallo! Wie geht es Ihnen?«
Oma: »Nich gut! Gar nich gut!«
Chefin: »Wieso? Was ist denn los? Fehlt Ihnen was?«
Oma: »Mein Sohn hat 'ne neue Freundin! Dat is 'ne Schwatte!!«

Die Chefin ist peinlich berührt und ringt etwas nach Worten.

Chefin: »Aber das sind doch sehr hübsche Frauen!«
Oma: »Ach watt! Der will die doch sowieso nur bürsten!!«

schuhe gut, alles gut, oder?

– Hamburg. In der U1 am Hauptbahnhof.

Ein Typ (ca. zwanzig) im Gespräch mit einem gleichaltrigen Mädel.

Typ: »Ach, ich weiß nicht ... Ich glaub, die Kleine steht nich auf mich.«
Mädel: »Klar steht die auf dich! Immerhin hat sie gesagt, dass sie deine Schuhe mag, oder?«
Typ: »Und?«
Mädel: »Wenn 'ne Frau zu 'nem Typen sagt, dass sie seine Schuhe mag, heißt das: ›Ich will dich ficken!‹«
Typ: »Echt?«
Mädel: »Ja, is so.«
Typ (zufrieden): »Hmmm ...«

sextipps von dr. dreirad

– Mosbach.

Ein junger Typ läuft auf dem Gehsteig. Zwei kleine Kinder rufen ihm über den Gartenzaun zu.

Mädchen: »Ey! Hast du 'ne Freundin?«
Typ: »Ich? Nö.«
Junge: »Wieso? Willst du nicht ficken?«

smoke talk

– Hamburg. Jungfernstieg.

Eine junge rotblonde Frau (ca. 25) sitzt an der Binnenalster und sonnt sich. Ein Mann um die vierzig kommt vorbei und spricht sie an.

Sie: »Hmm?«
Er: »How do you do?«
Sie sieht ihn erst fragend an, dann antwortet sie: »Fine, and you?«
Er: »Ach, Sie kommen aus Deutschland?«
Sie: »Ähm, ja ...«
Er: »Sie sehen so britisch aus.«
Sie: »Wie kommen Sie denn da drauf?«
Er (überlegt): »Die Haarfarbe, das Gesicht ...«
Sie: »Nö, ich komm aus Bayern.«
Er: »Na dann ... haben Sie eine Zigarette?«

lost in latium

– Irgendwo zwischen Dortmund und Winterberg. Im Regionalexpress.

Freitagnachmittag. Der Zug ist zum größten Teil mit Kegelclubs auf dem Weg ins Sauerland besetzt. Mir gegenüber sitzt ein gut aussehendes, etwa 17-jähriges Mädchen. Sie hat ein Schulbuch auf dem Schoß und lernt Latein. Natürlich dauert es nicht lange, bis ein Kegelbruder das Mädchen anspricht:

Kegelbruder: »Was lernst du denn da?«
Mädchen: »Latein.«
Kegelbruder: »Ja, das ist immer gut, wenn man viele Sprachen kann, ne?«

Das Mädchen hat offensichtlich keine Lust, sich mit dem Typen in ein Gespräch zu vertiefen und lässt es dabei bewenden. Nach einer Gedankenpause fängt er wieder an:

»Und … warst du schon mal dort?«

demenzbock jagt allgäugams

– Sonthofen. Im Regionalexpress.

Eine Gruppe von ca. zwanzig Rentnern – dem Dialekt nach zu urteilen alle Hessen – befindet sich auf der Rückreise von einem Tag in den Alpen. Ein älterer Herr um die 75 flirtet die ihm gegenübersitzenden, ungefähr gleichaltrigen Rentnerinnen unbeholfen und zum Amüsement aller an:

»Na Mädel, hast grad dein fünfundzwanzischten gefeiät, oddä?«

Mehr platte Sprüche folgen, ohne dass seine Flirtversuche Erfolg hätten. Am nächsten Bahnhof steigen die Frauen aus, was den Rentner zu der Bemerkung veranlasst:

»Ei, des sin Schnäggä hier im Allgäu. Nix Aids, nix Malaria, nix Tribbä … alles reinrassische Weibä!«

viele wege führen nach rom

– Irgendwo in Nordrhein-Westfalen. In einer Studentendisco.

Er (lallend): »So wie du aussiehst, findest du doch heute Abend keinen mehr.«
Sie: »Meinst du?«
Er: »Bin ich mir sicher. Geh besser mit mir mit!«
Sie: »Okay.«

willkommen auf dem boden der tatsachen

– Berlin. In der Straßenbahn M4 Richtung Falkenberg.

Auf der Höhe Prenzlauer Berg. Zwei Jugendliche Marke Möchtegern-Gangsta (ca. 13) unterhalten sich lautstark über ihre angeblichen Eroberungen, so dass alle umstehenden Passagiere mit Vergnügen lauschen können.

#*1:* »Ey und dann die … ey, Alder!« (lacht)
#*2:* »Was ist mit der?«
#*1:* »Ey, das glaubst du nie. Die kam neulich zu mir her und hat mich voll angemacht!«
#*2:* »Ach was!«
#*1:* »Doch!«
#*2 (Augen werden größer):* »Aber die ist doch voll geil? Was hat sie denn zu DIR gesagt?«
#*1:* »Ey, die kam voll nah her und hat zu mir gemeint: ›Wenn ich mal Lust auf Ficken habe, dann ruf ich dich an!‹«

(Kurze Pause)

#*2 (vor Neid und Anerkennung völlig aus dem Häuschen):* »Alder, das ist ja der Hammer. Krass!«
#*1:* »Ja, hab voll den Ständer gekriegt!«
#*2:* »Aber die treibt's doch sonst nur mit Älteren!«
#*1:* »Ja, eben!«

Beide lächeln einige Momente stolz und selig vor sich hin.

#*1 (zieht plötzlich ein bedrücktes Gesicht und sieht nachdenklich zu Boden):* »Ja, das war aber glaub ich leider nur ein Scherz von ihr, weißte?«
#*2:* »Ach so.«

drogeriemarkt oder schwangerschaftsberatung – was darf's denn sein?

– Euskirchen. In einem Hotel.

Ein Gast ruft die Hotelrezeption an.

Gast: »Ich hab'n Problem. Ich hab mein Kondom vergessen.«
Empfangsmitarbeiter: »Aha. Brauchen Sie jetzt die Pille danach oder ein Kondom?«
Gast: »Was?«
Empfangsmitarbeiter: »Ich lege Ihnen umgehend eins vor die Tür.«

endlich hat mein junge es zu etwas gebracht!

– Berlin. Vor dem Knaack-Club.

Draußen sitzt ein Checker um die 18 mit einem wesentlich älter wirkenden Mädchen und knutscht wild herum. In einer kurzen Pause sagt er:

»Alder, wenn isch meiner Mama verchecke, dass isch Studentin geknuscht habe … ist die krass stolz auf misch!«

Liebe. Leidenschaft. Eifersucht. Die ganz großen Gefühle. Von verliebten Sirenen in Köln, über das außereheliche Stelldichein in Berlin bis hin zum flaschenpfandgierigen Ehe-Tyrannen im Freizeitpark. Deutschlands Beziehungskisten haben es so richtig in sich. Ein ungeschminkter Blick hinter die Kulissen trauter Zweisamkeit zeigt eine Realität, die mit der weichgespülten Romantik in Vorabend-Seifenopern so gar nichts gemein hat.

BEZIEHUNGEN – „WARUM RENNST DU MIR JETZT DENN NICHT HINTERHER?"

drehbuch leben

– Lauffen. In einem Café.

Das Café ist gut gefüllt, es herrscht angeregte Plauderstimmung. Auf einmal ein lautes Schluchzen. Alle Blicke wandern zu einem Pärchen. Das Mädchen ist total verheult, der Junge, dem das Ganze sehr peinlich ist, versucht sie zu beruhigen. Auf einmal steht das Mädchen auf und schreit ihn an:

»So was kannst du doch nicht sagen! So was verletzt mich nur noch mehr!«

Sie dreht sich um und rennt aus dem Café. Der Junge bleibt zurück und macht der Bedienung klar, dass er gerne die Rechnung hätte. Die Herumsitzenden fangen sofort an, das eben Geschehene lautstark auszudiskutieren. Nach ungefähr einer Minute stürmt das Mädchen wieder herein, bleibt am Eingang stehen und schreit durch das ganze Café:

»WARUM RENNST DU MIR JETZT DENN NICHT HINTERHER?!«

besorgst du's mir, besorg ich's dir

– Hamburg. In einer Nobelboutique.

Ein Paar beim Shoppen. Sie ist mit zwei Oberteilen in die Umkleide gegangen, während er davor wartet. Sie probiert erst das eine, dann das andere Oberteil an. Nachdem sie noch einmal das erste anprobiert hat, kommt sie verzweifelt aus der Umkleidekabine heraus.

Sie: »Ach menno, ich kann mich einfach nicht entscheiden!«
Er: »Dann nimm doch beide.«
Sie: »Echt, du kaufst mir beide?«
Er: »Ja, Schatz.«

Sie ist freudig erregt, hüpft auf der Stelle, geht zu ihm, drückt ihm einen Kuss auf die Wange und haucht ihm entgegen:

»Danke, Schatz, das mach ich dir im Bett wieder gut!«

verliebt in berlin … und verheiratet

– Berlin. Alexanderplatz.

Auf dem verregneten herbstlichen Alex. Ich streite mit meiner Frau um unseren einzigen Regenschirm. Neben uns knutscht ein junges Paar eng umschlungen. Sie lacht auf, als sie unsere kleine Kabbelei bemerkt.

Ich: »Gell, Sie sind nicht verheiratet, oder?«
Sie (schaut mich mit großen Augen an): »Emm … ich nicht, aber er!«

50 prozent romantiker

– Trier. In einem Bus.

Mir gegenüber sitzen drei Jugendliche, die sich laut unterhalten. Als wir an einem Hochhaus vorbeifahren, stupst einer der drei seinen Kollegen an:

»Ey Alder, da wohnt meine Freundin, ich vermiss die voll ...«

(Pause)

» ... aber die Schlampe is ja in Luxemburg!«

allemal besser als sarah connor

– Köln. Marktplatz.

Ein Krankenwagen mit Blaulicht und Sirene braust vorbei. Neben mir ein Händchenhaltendes Liebespaar, das auch die Straße überqueren will. Sie zu ihm mit einem Kopfnicken auf den Krankenwagen weisend:

»Horch Schatz, sie spielen unser Lied!«

bei humor hört der spaß auf!

– Berlin. Sonnenallee.

Zwei Typen im Gespräch an der Haltestelle.

#1: »Endlich hast du die abgeschossen.«
#2: »War nicht leicht ... aber Mann, hat die mich genervt. Ständig dieses ›Genau wie bei Mario Barth!‹-Getue. Nach dem Autounfall neulich meint die zu mir als Erstes: ›Das ist SO wie bei Mario Barth!‹ Diese Schrulla. Selbst beim Schlussmachen, Alter! Ich geh zu ihr und sag, wir müssen reden, und die meint: ›Jetzt kommt aber nicht die Mario-Barth-Nummer, oder?‹«
#1: »Naja, Humor scheint sie ja doch zu haben ...«
#2: »Ne! Ich brauch echt was mit mehr Niveau. Von mir aus Helge Schneider oder Woody Allen oder so was ... aber nie mehr so 'ne unterbelichtete Mario-Barth-Schrulle!«

reich durch alimente – so geht's

– Berlin. In einer U-Bahn.

Zwei leicht pennerhaft wirkende Männer um die vierzig. Anscheinend geht es um die Freundin von #1.

#1: »Weeste, ick mag die Kleene halt ... Hat halt nur schon drei Kinder.«
#2: »Watt? Drei Bälger?«
#1: »Na, und die hat'se von drei oder vier Typen.«

besteck oder bestattung!

– Essen. An einer Pommesbude.

Ein Pärchen Anfang zwanzig teilt sich eine Portion Pommes.

Er: »Nimm ruhisch.«

Sie greift mit den Fingern zu.

Er: »Nimm den Gabel … sonst bring isch disch um!«

Beide schauen sich daraufhin verliebt an.

bürohäschen

– München. In einem Büro.

Kolleginnen unter sich. Sie unterhalten sich schon mindestens zehn Minuten lang über ihre Männer.

#*1:* » … ja und dann hat mein Hase gesagt …«
#2 *(schaut sie total aufgeregt an):* »Du hast einen Hasen?«

da geht kein lichtchen auf

– Dresden. Deutsches Hygienemuseum.

In einer Dauerausstellung gibt es eine gläserne Frau. Wenn man an dieser auf verschiedene Knöpfe drückt, leuchten die jeweiligen Körperteile und Organe des Modells. Vor besagtem Exponat steht ein Pärchen, der Mann drückt auf den Knopf, der das Gehirn aufleuchten lässt.

Er: »Guck mal! Da leuchtet das Gehirn!«
Sie: »Wo?«

mit dieser frau hat er den salat

– Schwalbach. In einem Minimal-Markt an der Gemüsetheke.

Ein Mann (ca. dreißig) greift nach einem Feldsalat und schaut ihn sich an. Er scheint sich gerade mit dem Exemplar angefreundet zu haben, da erscheint hinter ihm seine Partnerin und schnauzt ihn an.

Sie: »Nimm den bloß nicht! Der schmeckt nicht, weil der ist reduziert!«
Er (wie ein geschlagener Hund): »Aber … der sieht doch gut aus.«
Sie (vorwurfsvoll kreischend): »Nee, der ist doch reduziert! Wenn man DICH mal was machen lässt!«

dem date das genick gebrochen

– Lindau. In einem Restaurant.

Ein Paar (ca. dreißig), gut aussehend und gut gekleidet, diniert am Tisch neben uns. Sie scheinen sich noch nicht lange zu kennen. Beim Dessert kommt es zu folgendem Dialog.

Er: »Ach, Pferde mögen Sie, ja?
Sie: » … «
Er: »Ach, Reiten, ja? Interessant. Na, mir sind die suspekt, diese großen Viecher. Also ich sag ma so: Zu einem Tier, dem ich nicht eigenhändig das Genick brechen könnte, also ich mein jetzt, vollkommen ohne fremde Hilfe, zu so einem Tier könnte ich NIE eine tiefe Beziehung aufbauen. Völlig ausgeschlossen.«
Sie (entsetzt): » … «
Er: »Naja, nur im Spaß … hähä … hähä ….« (hüstel)

die masken fallen

– Frankenthal. Familia-Center.

Ein älteres Ehepaar steht diskutierend an der Kasse.

Er: »Heeeer, du gehscht mer uff de Sack!«
Sie: »Was glaabscht du eigentlisch? Du gehscht mer zu Lebtag schunn uff de Sack!!!«

frau oder tv?

– Koblenz. In einem Kaufhaus.

In der Dessousabteilung läuft ein junges Teenie-Pärchen umher. Sie sehr interessiert, er äußerst lustlos. Sie entdeckt ein sehr aufreizendes Spitzenoutfit, er schaut weiterhin total desinteressiert.

Sie: »Guck mal, ist das nicht schön?«
Er: »Hmmm ...«
Sie: »Ich fragte dich, ob dir das hier auch gefällt? Das wäre doch was fürs Wochenende!«
Er: »Schon ...«
Sie: »Aber?«
Er: » ... aber meine Eltern sind doch am Wochenende zu Hause.«
Sie: »Dann gehen wir halt zu mir.«
Er (entsetzt): »Aber du hast doch gar kein PREMIERE!«

make war not love

– München. Café Jasmin.

In der Ecke sitzt ein turtelndes Pärchen.

Bedienung: »Ich bin gerade frisch getrennt und vertrage so viel Romantik nicht. Könnt ihr wiederkommen, wenn ihr euch streitet!?«

meine freundin ist ein tanzbär

– Nürnberg. In einer U-Bahn.

Zwei Typen (ca. 25) unterhalten sich offensichtlich über die neue Freundin von #1.

#1: »Naja, läuft alles eigentlich ganz gut ...«
#2: »Aber?«
#1: »Naja, sie rasiert sich halt überhaupt nicht ... nicht mal die Beine!«
#2: »Siehste, das ist halt das Problem bei den Waldorfschülern.«
#1: »Mhhhm.«

(Pause)

#1: »Dafür kann sie ihren Namen tanzen!«

isch will so bleiben wie isch bin!

– Bonn. Vor dem Hauptbahnhof.

Ein Mädchen (ca. 19, bunte Kleidung, bunte Haare, jede Menge Piercings und hochschwanger) sitzt neben ihrem ähnlich gekleideten Freund und raucht gemütlich. Er weist sie darauf hin, dass das Rauchen nicht unbedingt förderlich für das Kind sei.

Sie (sehr laut): »Isch wäd dir mall wat saren! Isch wäd doch weje nem Kenk, dat isch eh net jewullt han, minge Lewensjewohnheiten nisch verändern!«

hasi bei den bunnies

– Berlin-Neukölln. In einer Videothek.

Ein Mann mit einem Kinderwagen betritt den Laden. Im Kinderwagen befinden sich neben einem Kind noch ein Haufen Tiefkühlpizzen, Bier und ein Radio, aus dem »YMCA« von den Village People dröhnt. Der Mann schiebt den Wagen durch die Videothek, bleibt vor dem Eingang zur Ü18-Abteilung stehen und brüllt lautstark:

»Hasi!? Bist du etwa in der Fick-Abteilung?«

Er schiebt den Kinderwagen samt Inhalt kurzerhand in besagte Abteilung. Keine Minute später hört man ihn rufen:

»Och nö, Hasi, nicht jetzt!«

liebe ist … zement schleppen

– Braunschweig. In einem Baumarkt.

Der Kunde vor mir legt eine Schachtel Nägel auf das Laufband. Die Kassiererin scheint ihn zu kennen.

Kassiererin: »Ja, der Herr Jacob! Wo haben Sie denn heute Ihre Frau gelassen?«
Er: »Ach, das bisschen kann ich auch so tragen!«

katze tot, mieze weg

– Unna. In einer Schule.

Ein Pärchen unterhält sich.

Sie (schluchzend): »Meine Katze ist am Wochenende gestorben!«
Er: »Ist doch nicht schlimm, sie wird jetzt sicher ein super Leben im Himmel haben. Hey, komm schon, die Katze ist tot! Also Kopf hoch! Du kennst doch das Sprichwort ›Es ist zu schön, um wahr zu sein.‹ Diesmal ist es aber ›zu wahr, um schön zu sein‹.«
Sie: »Du bist so unsensibel!«

Daraufhin rennt sie heulend davon.

orkan in der hose

– Wyk auf Föhr. Strandpromenade.

Ein Rentnerpaar spaziert an der beliebten Strandpromenade. Der Mann furzt.

Frau: »Mensch Herbert, hier sind auch noch andere Leute!«
Mann: »Aber Hilde, ich habe furchtbare Darmwinde! Das musst du dir so vorstellen, wie die Orkane hier an der Nordsee.«
Frau: »Hoffentlich hast du wenigstens den Filter eingebaut, sonst habe ich wieder die Arbeit.«
Mann (sehr errötet): »Hilde, das können wir auch im Zimmer besprechen.«

sei pünktlich, sonst sing ich!

– München. In einer S-Bahn.

Zwei Männer unterhalten sich übers Spät-nach-Hause-Kommen.

#1: »Ich schleich mich immer ganz leise rein, weil wenn meine Alte merkt, dass ich erst so spät heimkomme, wird sie zur Arie!«

meine beziehung ist eine griechische tragödie

– Nürnberg. Am Weißen Turm.

Pärchen beim Shoppen.

Sie: »Ich will noch zum Olymp und Hades (sie spricht: Heyd's).«
Er: »HA-DES.«
Sie: »Was?«
Er: »Olymp und Hades. Himmel und Hölle. Griechenland.«
Sie: »Du bist immer so komisch.«

mit erwin spielt sie ja schon lange nicht mehr …

– Mainz. Auf einem kleinen Flohmarkt.

An einem Stand liegt ein vollkommen unnützes, dämlich aussehendes, ballähnliches Spielzeug herum. Eine ältere Dame (ca. sechzig) und ihr Mann treten an den Stand. Sie entdeckt das Spielzeug, nimmt es begeistert in die Hände.

Sie: »Guck mal Erwin, is das nit toll?«
Er: »Joah …«
Sie: »Was soll das denn kosten?«
Verkäufer: »Fünf Euro.«
Sie: »Ach komm, das nehmen wir mit!«
Er: »Aber was willst du denn überhaupt damit?«
Sie: »Naja, vielleicht für unsere Kinder!«
Er (verwirrt): »Aber wir haben doch gar keine Kinder!«
Sie (entrüstet): »Na, dann halt für meine Nichte!«
Er: »Ja, du hast doch gar keine Nichte!«
Sie (sich sichtlich unwohl fühlend): »Ach, jetzt lass mir doch einfach mal meinen Spaß!«

parfum von hugo ross?

– Plön.

Ein junges Pärchen verabschiedet sich voneinander.

Er: »Auf Wiedersehen, mein Pferdeäpfelchen!«

weniger stress mit wireless

– Landshut. In einer Regionalbahn.

Zwei Frauen unterhalten sich.

#1: »Der will sich jetzt trennen, nur weil ich ab und zu am Laptop sitz. Ja gut, manchmal surf ich halt in diesen Partnerbörsen. Hat doch nix zum Sagen, oder? Und er kommt dann immer und sagt: ›Koch was‹. Neulich hat er sich dann Pizza bestellt und dann kam der Idiot mit der leeren Pizzaschachtel und dem Pizzamesser. Ich hatte gerade die Mail von dem süßen Typen offen, du weißt schon, der, wo ich dir erzählt hab. Das hat der gesehen und hat voll mit dem Pizzamesser rumgefuchtelt und dann hat er einfach die Telefonschnur durchgeschnitten.«
#2: »Der spinnt doch!«

Die andere betrachtet nachdenklich ihre künstlichen Fingernägel, die liebevoll mit kleinen Bildchen beklebt sind.

#1: »Ja, und dann sagt der zu mir, ich soll wenigstens was für die Kinder kochen und nicht immer meine Nägel machen!«
#2: »Ich hab schon immer gewusst, mit dem stimmt was nicht!«

sie führen schon seit längerem eine fernbeziehung

– Kiel. Westring.

Nachts um zwei, auf dem Weg nach Hause. Uns kommen einige schwerst betrunkene Teenager entgegen. Ein Mädchen und ein Junge haben über einen Abstand von ungefähr fünfzig Metern ein äußerst erfolgreiches Trennungsgespräch.

Sie: »Ich hasse dich!«
Er: »Sag das noch einmal!«
Sie: »Was soll ich noch einmal sagen?!«
Er: »Du hasst mich!«
Sie: »Ich hab was?«
Er: »Du hasst mich!!!«
Sie: »Ich hab WAS?«
Er: »Du HASST mich!!!«
Sie: »Ich hab WAAAS???«

da muss sie wohl überzeugungsarbeit leisten

– Tübingen. In einem Sportgeschäft.

Nachdem eine Kundin ein recht teures Outfit gefunden hat, fehlt ihr noch der letzte Impuls, sich dafür zu entscheiden.

Verkäuferin: »Dann überlegen Sie es sich doch nochmal in Ruhe, ich kann es gerne bis morgen für Sie zurückhängen.«
Kundin: »Sehr schön, dann kann ich noch eine Nacht mit meinem Mann drüber schlafen.«

und sagte kein einziges wort

Nürnberg. In einem Tanzstudio in der Südstadt.

Ein Pärchen (ca. 35) übt den Walzer.

Sie: »Boah, du hast heute schlimmen Mundgeruch!«
Er: »Ja und? Was soll ich jetzt machen?«
Sie: »Halt einfach den Mund und sag nix!«
Er: »Den ganzen Abend?«
Sie: »Ja, bis wir daheim sind.«

marktlücke: bohrmaschinen zum anziehen

– Berlin. Im C&A in den Gropius-Passagen.

In der Kabine neben mir probiert ein Mann immer wieder Klamotten an, die ihm seine Freundin bringt. Irgendwann stöhnt er genervt:

»Warum muss ich mir denn immer Klamotten kaufen? Kann ich nicht was kaufen, was Strom verbraucht?«

von dunst und galaxien – von männern und frauen

– Lohmar. Auf einer Wiese.

Grillabend im Sommer. Ein Junge und ein Mädchen liegen zu später Stunde auf der Wiese und schauen in die Sterne.

Sie (sanft): »Guck mal, ist das nicht romantisch? Man erkennt sogar die Milchstraße.«
Er (total genervt): »Mann, das is 'ne Wolke!«

you can't hide but you can run

– Pegnitz. Zu Ostern.

Unsere Nachbarn, ein älteres Ehepaar, in ihrem Garten.

Frau: »Wo sind denn jetzt die ganzen Sachen hin?«
Mann: »Na, die hab ich versteckt!«
Frau: »Nee, das machen wir nicht! Hol das alles wieder raus!«
Mann: »Aber ich find das schön!«
Frau: »Nee du, die armen Kinder. Und wo ist denn das Körbchen?«
Mann: »Hab ich auch versteckt. Ich hab alles versteckt.«
Frau: »Nee, so fangen wir gar nicht erst an. Du läufst jetzt schön durch den Garten und sammelst alles wieder ein! Verstecken machen wir nicht!«

was du verlierst, ist, was du bist

– Wesel. In einem Real-Markt.

Ein dickes Paar in Jogginganzügen, sie dazu mit hohen Pumps, schlurft durch die Gänge. Sie schiebt den Wagen, er läuft ein paar Meter hinter ihr.

Er: »Ey Schatz, weisse watt du biss?«
Sie: »Nee, weiß ich nich! Was bin isch?«
Er: »Du biss dein Absatz am Verlieren!«

meine bank: die gang-bank

– Remscheid. Am Bahnhof.

Zwei Mädels (ca. 18) unterhalten sich neben mir auf dem Bahnsteig. Laute Technomusik dröhnt aus ihren Handys.

#1: »Ey, hast du Geld mit?«
#2: »Ich brauch kein Geld, ich hab genug Kerle.«

wenn roman polanski das darf

– München. Favorit Bar.

Zwei Typen um die 25.

#1: »Du brauchst mal gar nix sagen! Deine Freundin sieht aus wie 16!«
#2 (mit leuchtenden Augen): »Schon, ne? Geil, oder?«

wie viele flaschen kostet wohl ein scheidungsanwalt?

– Brühl. Phantasialand.

Ein Eintritt in den Freizeitpark kostet dreißig Euro. Da sollte man meinen, dass demgegenüber ein paar Cent bedeutungslos sind. Nicht so für den Mann, der mit seiner Frau vor uns bei einer Attraktion ansteht. Sie wirft achtlos eine Flasche in den Mülleimer.

Er (extrem laut): »Bist du bescheuert? Die kannst du doch nicht wegschmeißen! Da ist Pfand drauf!!!«
Sie (kleinlaut): »Ja, tut mir leid.«
Er: »Nee! Nix, tut mir leid! Du holst die jetzt da wieder raus! Aber SOFORT!!!«

wir sind daily soap

– München. In einer U-Bahn.

Zwei Teenie-Mädels (ca. 15) unterhalten sich.

#1: »Was machst du heut noch?«
#2: »Ich geh zum Jusuf.«
#1: »Echt, bist du immer noch mit dem zusammen? Der ist doch langweilig.«
#2: »Ja, hast Recht. Glaub ich mach Schluss heute.«
#1: »Echt? Geil. Kann ich mitkommen, zugucken?«

warum frauen schlecht einparken und männer immer noch daran glauben

– Thüringen. Auf der Autobahn.

Ich höre Autoradio. Der männliche Moderator kündigt an:

»So, liebe Hörer, gleich gegen neun Uhr zehn werden Sie erfahren, warum Frauen immer alles pauschalisieren.«

wsv – alles muss raus

– Münster. Galeria Kaufhof.

Pärchen beim Shopping.

Sie: »Schatz, warum läufst du denn jetzt so schnell?«
Er (genervt): »Ich muss kotzen!«

auf den wunden punkt gebracht

– Mainz. Bei einem Arzt im Behandlungsvorzimmer.

Frau: »Kann ich ein Rezept für meinen Mann haben? Er bräuchte diese Salbe.«
Arzthelferin: »Kann er nicht persönlich vorbeikommen?«
Frau: »Er ist viel unterwegs, hat wenig Zeit.«
Arzthelferin: »Wozu braucht er die denn?«
Frau: »Naja, wie soll ich's sagen ... für unter seinen dicken Bauch!«

nur das jein-wort gegeben?

– Hannover. Hauptbahnhof.

Ich laufe an zwei Frauen (ca. dreißig) vorbei und höre folgenden Satz:

»Ich bin mir jetzt nicht so sicher, ob wir zusammen sind ...«

(Pause)

» ... jetzt wo er Sabine geheiratet hat.«

FAZ statt FAT

– Kiel. Plaza-Einkaufszentrum.

Eine Promoterin bietet einem Ehepaar ein dreiwöchiges kostenloses Zeitungsprobeabo an.

Er: »Ich wohne im dritten Stock. Da abonniere ich doch keine Zeitung, die unten in den Briefkasten gesteckt wird!«
Sie (guckt an ihm runter, bleibt beim Bierbauch hängen): »Solltest du aber vielleicht.«

zwangsnahrung für pantoffelhelden

– Darmstadt. Im Aldi, Stadtmitte.

Ein Pärchen in den Zwanzigern an der Kasse. Er räumt fleißig die eingekauften Waren auf das Fließband, während sie gelangweilt daneben steht. Plötzlich zieht er eine Packung Maultaschen aus dem Wagen, hält kurz inne und fragt sie:

Er: »Wieso hast du denn Maultaschen eingepackt?«
Sie: »Die magst du doch so gerne.«
Er: »Nee, die schmecken mir überhaupt nicht!«
Sie: »Doch, die isst du!«

gandalf = göring?

– München. In einer Videothek.

Er: » … Nein, den hab ich schon gesehen. Wie wär's mit ›Herr der Ringe‹?«
Sie: »Nä! Das ist doch nur Bumm, Bumm!«
Er: »Wie Bumm, Bumm?«
Sie: »Den hab ich schon mal gesehen, nur Rumgeballere die ganze Zeit!«
Er: »Geballere? Ich finde, die reden da mehr als … außerdem können die nicht ballern, die haben Schwerter und so.«
Sie: »Ja, und was ist mit den ganzen Panzern, die da rumballern? … Schatz, ich mag halt einfach keine Nazi-Filme.«

kein zauber mehr in der kiste

– Augsburg. Im Saturn-Markt in der City-Galerie.

Ein Ehepaar kauft einen Stabmixer.

Kassiererin (verdutzt): »Ach, die Dinger heißen ja wirklich ›Zauberstab‹!«
Kundin: »Ja, damit wir wenigstens einen Zauberstab im Haus haben!

**guck disch mal
die mutter an**

*– Würselen.
Flohmarkt am Globus.*

Vor mir läuft eine leicht asozial angehauchte Familie (Mama, Papa, Tochter, ca. fünf). Die Kleine langweilt sich wohl. Sie schlägt ihrem (schlanken) Vater von hinten auf den Po.

Tochter: »Papa, Fettwurst!«
Papa (völlig unberührt): »Ey, guck disch mal die Mutter an, Alter!«

KINDER UND FAMILIE – „EY, GUCK DISCH MAL DIE MUTTER AN, ALTER!"

Die liebe Familie ... ist ein Auslaufmodell – behaupten Soziologen, Pädagogen und Politiker der Nation. Doch was kommt danach? Die böse Familie? Familie 2.0, Familie Doof, Familie Hartz IV oder Familie Multipaps? Sie wissen es auch nicht? Dann lauschen Sie doch einfach mal! Denn wenn die Kleinste über Omas Falten sinniert, Papa die weite Welt erklärt und Mama mal wieder den Kopf verliert, sind Sie mittendrin im Generationenhaus Deutschland. Und Kindermund tut schließlich Wahrheit kund, auch wenn Mami und Papi diese nicht einmal mehr buchstabieren können.

was der eine zu viel hat …

– Overath. In einem Supermarkt.

Eine Frau steht mit ihrem Sohn (ca. drei) an der Kasse.

Frau: »Warte hier, bis der Papa kommt!«
Sohn: »Welcher Papa?«
Frau (genervt): »Wie, welcher Papa? Wie viele Papas hast du denn?«
Sohn (überlegt kurz): »Fünf?«

… hat die andere zu wenig

– Essen. In einer Videothek.

Vor uns läuft ein kleines Mädchen vorbei. Ihr folgt ein Mann (ca. vierzig).

Mädchen: »Papi!«
Mann (trocken): »Ich bin nicht dein Papi, ich bin nur die Liebe deiner Mutter.«

bestens konditioniert

– Berlin. In einem Bus.

Eine Mutter steht mit ihrem Kinderwagen im Bus. Dieser hält und hupt mehrmals, darauf das zweijährige Mädchen lautstark:

»Mein Papa sagt immer Arsch, wenn einer Tuuttuut macht!«

absprung geschafft!

– München. In der U6 am Harras.

Eine vierköpfige Familie (Vater, Mutter, zwei Mädchen) mit jeweils einer Reisetasche steigt in die U-Bahn ein. Die Bahn fährt an.

Vater (stöhnend): »Mist, ich hab vergessen zu stempeln.«
Tochter (ca. neun, laut fragend zur Mutter): »Fährt Papa jetzt schwarz? Ist das nicht illegal?«
Vater: »Ich renn an der nächsten Haltestelle raus und stempel.«

Die U-Bahn kommt zum Stehen. Der Vater rennt raus, Türen gehen zu und die Fahrt geht ohne Papa weiter. Daraufhin die etwas ältere Tochter ganz nüchtern:

»Papi wollte eh nie mit nach Rimini.«

reine vorsichtsmaßnahme

– Hamburg. Am Bismarck-Denkmal.

Eine Mutter und ihr Kind gehen auf dem Bürgersteig entlang. Das Kind springt etwa einen Meter von der Mutter entfernt hin und her. Die Mutter ist etwas genervt und möchte das Kind an die Hand nehmen. Als das Kind nicht folgt, sagt die Mutter:

»Haben wir nicht neulich zusammen diesen Bericht über die Kinderschänder gesehen, die die Kinder wegschnappen? Also los jetzt, komm an meine Hand!«

bei so viel offenheit kann man nur die stirn runzeln

– Stuttgart.

Ein dreijähriges Mädchen und seine achtzigjährige Oma.

Mädchen: »Oma, wann stirbst du eigentlich?«
Oma (entrüstet): »Wie kommst du denn auf so etwas?«
Mädchen: »Na, du hast schon so viele Runzeln im Gesicht.«

auf und nieder immer wieder

– Winnweiler. In einem Aldi.

Ein Junge (ca. acht) zu seiner Mutter: »Mama, ich hunn do was gelees üwwer den Dax. Mama, was issen de Dax?«
Mutter: »Hah, des iss des, wo manchmal hochgeht unn manchmal runner!«

bi-ba-butzebahn

– Im ICE von München nach Köln.

Alle Passagiere sind in ihre Zeitungen vertieft oder sehen stumm aus dem Fenster, so dass die gesamte Geräuschkulisse einem ca. fünfjährigen Mädchen gehört, das mit Buntstiften malt und laut dazu singt:

»Es tanzt ein Bi-Ba-Bi-Ba-Butzemann in unsrem Haus herum, fidebum.«

Das Singen, anfangs leise, wird immer lauter und kraftvoller, das Mädchen malt und singt immer wieder vom Butzemann, bis sich die anderen Passagiere langsam genervt zu ihr und ihrer Mutter umdrehen.

Mutter (peinlich berührt): »Sei doch mal leiser.«
Mädchen: »Aber wieso?«
Mutter: »Was würdest du denn machen, wenn die anderen Leute im Zug plötzlich alle anfangen würden, hier laut rumzusingen?«
Mädchen (begeistert): »Na, da würde ich doch mitsingen!«

hauptsache ungesund, der rest ist egal

– Freiburg. In einem Burger King.

Eltern und kleines Kind betreten das Restaurant. Das Kind freut sich, strahlt über das ganze Gesicht, läuft zum Tresen und brüllt:

»YEAAH, MCDONAAAAAALD'S!!!«

fahr vorsichtig, es könnte auch dein haus sein!

– Siegen. Im Auto.

Die Familie fährt durch die Stadt.

Vierjähriger: »Papa, gaaanz schnell fahren!«
Papa: »Darf ich hier nicht.«
Vierjähriger (nickt): »Zu viele Häuser.«

und dazu noch das golgatha-set von playmobil!

– Karlsruhe.

Meine fünfjährige Tochter und ich schreiben zusammen den Wunschzettel für den Weihnachtsmann. Nach einigen altersentsprechend angemessenen Wünschen kommt dieser hier:

»Ein Jesuskreuz fürs Zimmer wo Jesus drauf ist und gestorben aussieht, mit geschlossenen Augen in Bunt oder Rosa.«

dass mir ja alles dran bleibt!

– Werder/Havel. Bei einem Kinderarzt.

Ein kleiner Junge (ca. vier) mit seiner Mutter im Wartezimmer.

Mutter: »So, jetzt gehen wir in das Zimmer.«
Junge: »Aber nich den Pullermann abschneiden, ja?«
Mutter: »Nee, das machen die nich.«
Junge: »Echt nich?«
Mutter: »Ja.«

schweine sind mir wurst

– Maltitz.

Abendbrot im Kreise der Familie.

Kind: »Ich ess aber keinen Rinderbraten!«
Mutter: »Die Rinder tun dir wohl leid?«
Kind: »Ja! Ich ess nur Schweine.«
Mutter: »Ach, die tun dir wohl nicht leid?«
Kind: »Nein, weil die stinken!«

die mär vom hässlichen entlein

– Bremen. In einem Bus.

Zwei Mädchen (ungefähr in der sechsten Klasse) unterhalten sich.

#1: »Im Moment seh ich noch hässlich aus, aber das geht wieder weg!«

prämortale diagnostik

– Mallorca. Im Kloster San Salvador.

Tochter: »Lass uns eine Kerze für Oma anzünden!«
Mutter: »Hä? Oma lebt doch noch!«
Tochter: »Aber nicht mehr lange!«

do you speak english? nein, danke!

– Velbert.

Ein dreijähriges Mädchen zu Besuch bei Oma.

Mädchen: »Oma?«
Oma: »Ja, Schätzchen.«
Mädchen: »Ich bin so froh, dass ich keine Engländerin bin.«
Oma: »Warum das denn?«
Mädchen: »Weil ich doch gar kein Englisch kann!«

er hatte das kühe melken satt

– Bochum. Vor einem Kiosk.

Zwei Jungs um die zwölf.

#*1:* »Hey, was macht dein Vater von Beruf?«
#*2:* »Der ist Bauer, weißt du?«
#*1:* »Echt?«
#*2:* »Ja, voll krass … der baut Straßen!«

fliegender elefant – es gibt ihn doch

– Im Flugzeug.

Ein Vater sitzt mit seiner Tochter (ca. zwei) neben dem Gang. Auf der anderen Seite des Ganges sitzt eine deutlich übergewichtige Frau. Als ihr etwas hinunterfällt, stellt sie sich in den Gang, dreht den beiden den Rücken zu und beugt sich vornüber, um es aufzuheben. Die Kleine hebt die Arme und ruft begeistert:

»Ein Elefant!«

frei, gleich – öffentlich!

– Hannover. In einem Wahlbüro.

Eine Familie mit zwei Kindern (ca. drei und sechs) kommt zur Ausübung ihrer staatsbürgerlichen Pflicht am Sonntagnachmittag in den gut gefüllten Wahlraum. Er nimmt den dreijährigen Jungen mit in die Kabine, sie das sechsjährige Mädchen. Man lässt sich Zeit und erklärt dem Nachwuchs das Prozedere.

Auf dem Weg zur Urne treffen sich Vater und Mutter wieder und das Mädchen fragt den Vater für alle Anwesenden deutlich hörbar:

»Papa, hast du auch die CDU gewählt?«

gaaanz harte jungs

– Detmold. Im Klamottenladen Cantus.

In der Spielecke für Kinder sitzt ein etwa sechsjähriger Junge vor dem Fernseher und guckt eine Folge von ›Tom und Jerry‹. Als ich hinter ihm vorbeilaufe, bemerkt er mich und dreht sich erschrocken zu mir um. Als er realisiert, dass ich ihn beim ›Tom-und-Jerry‹-Gucken sehe, beschwert er sich sogleich lauthals und genervt:

»Mann! Wo gibt's denn hier die harten Horrorfilme?«

Als ich nach einigen Minuten wieder vorbeikomme, sehe ich aus den Augenwinkeln, dass er wieder genauso vertieft in ›Tom und Jerry‹ dasitzt wie zuvor.

gewinnermentalität

– Augsburg. Im Ikea.

Ich war neulich mit zwei Freunden im Ikea unterwegs, da ich eine neue Badezimmereinrichtung brauchte. Unter anderem gibt es dort auch einen kleinen Schminkspiegel mit Standfuß. Im gleichen Moment wie ich geht ein Junge (ca. acht) an dem Spiegel vorbei, blickt hinein, begutachtet sich noch zwei, drei Sekunden in dem Spiegel, um ihn dann mit beiden Händen über seinen Kopf zu heben und aus lautstarker Kehle zu brüllen:

»So seh'n Sieger aus, schalalalala, so seh'n Sieger aus, schaaalalalalala … !«

schule fiel aus wegen passiert nix

– Lübeck. In einem Bus.

Ein fünfjähriger Junge rennt quer durch den Bus und schmeißt schreiend sein Spielzeug durch die Gänge. Daraufhin die Mutter keifend:

»Sandmann fällt heute aus, wegen is nicht.«

gut gebaut oder falsch gebaut?

– Kiel. In einem Bus.

Eine Mutter und ihr Sohn (ca. fünf) sitzen neben mir im Bus. Vor uns sitzt eine Frau mit einem sehr großen Busen und einem tiefen Ausschnitt. Der Kleine kommt aus dem Staunen gar nicht mehr heraus, bis er dann fragt:

»Mama, hat die Frau vorne einen Po?«

high noon im kindergarten

– Sprockvögel.

Zwei Kinder spielen ›Cowboy und Indianer‹.

#*1:* »Peng, Peng … Du bist tot.«
#*2:* »Nee, bin ich nicht! Du hast vorbeigeschossen!«
#*1:* »Wenn du nicht SOFORT tot bist, spiele ich nicht mehr mit dir!«

halt dich an deinem schnitzel fest

– Hoppstädten. Auf dem Sportplatz.

Während eines Fußballspiels. In unserer ›Fankurve‹ ziehen meine Kumpels mal wieder einen Freund auf.

#1: »Ja, ja … dem Kurt musste man früher auch Schnitzel um den Hals hängen, damit wenigstens der Hund mit ihm spielt.«

Kurt schaut gespielt betröppelt auf den kleinen fünfjährigen Sohn von einem der Männer und seufzt:

»Jaa … mich hat früher niemand liebgehabt.«

Junge (treuherzig dreinblickend): »Doch! Der HUND!«

ich bin ein biber!

– Freiburg.

Kind (ca. drei) zeigt auf ein Bild.

Kind: »Schau mal Mama, eine Katze!«
Mama: »Nein Schatz, das ist ein Biber!«
Kind: »Butzemann?«

immerhin ist er stubenrein

– Hannover. In einem Bauhaus.

Eine Frau versucht verzweifelt, mit Mann und Sohn eine neue Badewanne auszusuchen, wobei vor allem der Sohn (ca. fünf) hinderlich ist.

Sie (entnervt zu ihrem Sohn): »Warte hier mal einen Moment.«

Daraufhin verschwindet sie mit ihrem Mann um die Ecke.
Zwei Minuten später tönt es aus der Sanitärabteilung durch den ganzen Baumarkt:

»Maaamaaaa! Fertig!«

kein vater, keine ahnung

– Neutraubling. In einem Gymnasium.

Zwei Mitschülerinnen unterhalten sich:

#1: »Ich bringe meinem Bruder zurzeit immer Englisch bei, weil er das nicht so gut kann.«
#2: »Wie, du hast einen Bruder? Du hast doch immer gesagt, deine Mutter ist alleinerziehend.«

taktgefühl muss er noch lernen

– München. In einer S-Bahn.

Mutter und Sohn in der S-Bahn. Gegenüber sitzt eine etwas übergewichtige Dame.

Der Sohn zur Mutter: »Gell Mami, über die dicke Frau reden wir erst, wenn wir zu Hause sind?«

kindermund hat's gerne rund

– Passau. In einem Kindergarten.

Erzieherin knuddelt mit einem Kind.

Kleiner Junge: »Du, hast du auch einen Busen?«
Erzieherin (ganz verwundert): »Ja, natürlich!«
Kleiner Junge: »Kannst du den mal mitbringen, dann ist es nämlich viel kuscheliger.«

blinde behindertenfreundlichkeit

– Zittau. An der Fußgängerampel.

Kleiner Junge: »Papa, warum piept denn die Ampel, wenn sie grün ist?«
Vater (genervt): »Das ist für die Taubstummen.«

kirchenbau im comic-kollektiv

– Bad Doberan. Im Münster.

Ein vierjähriger Junge spaziert mit seiner Mutter durch das Münster.

Junge (vor Altar): »Hat das Bob der Baumeister gebaut?«
Mutter: »Ja, das hat Bob der Baumeister gebaut.«
Junge (ein paar Meter weiter): »Hat das hier Bob der Baumeister gebaut?«
Mutter: »Ja, hat er.«

Nun stehen sie vor einem Modell der gigantischen Klosteranlage.

Junge: »Hat das alles Bob der Baumeister gebaut?«
Mutter (leicht genervt): »Ja.«
Junge: »Hat der das alles allein gebaut?«
Mutter: »Nee, dem hat noch der Spongebob geholfen.«

wenn das kultur ist, tanz ich meinen namen!

– Coburg. Im Hofgarten.

Im Rahmen der Ausstellungseröffnung des Bildhauers David Nash tritt auch die hiesige Rudolf-Steiner-Schule mit einem Eurythmie-Tanz auf. Während der Vorführung quengelt ein ungefähr eineinhalbjähriges Kind hörbar im Publikum. Die Reaktion der Mutter:

»Psssst, das is KULTUR!«

auch eltern können aus fehlern lernen

– Leverkusen. In einem Bus.

Im Bus stehen ein Junge und ein Mädchen nebeneinander. Das Mädchen greift am Jungen vorbei, um sich an der Stange festzuhalten.

Junge: »Nimm deinen Arm da weg, du bist meine Schwester und nicht meine Freundin.«
Mädchen: »Na und? Ich kann doch als deine Schwester meinen Arm um dich legen, oder?«
Junge: »Du bist ja nicht mal meine richtige Schwester, du bist nur adoptiert!«
Mädchen: »Immerhin haben mich Mama und Papa gewollt!«

man muss schließlich prioritäten setzen

– Stuttgart. Flughafen, Ankunftsbereich.

Ein junger Vater holt mit seiner Tochter (ca. drei) die Mutter und eine Freundin ab, die gerade gelandet sind.

Freundin: »Na, Amélie, hast du deine Mama arg vermisst?«

Das kleine Mädchen überlegt offensichtlich ernsthaft, schüttelt dann den Kopf und strahlt:

»Ich durfte im Auto vorne sitzen!«

kleiner mann k. o.

– Essen.

Meine Neffen (sechs und neun) spielen im Garten Fußball. Der Große erwischt den Ball wider Erwarten gut und schießt mit einem Dropkick den Ball in Richtung seines kleinen Bruders. Der kann nicht ausweichen und bekommt den Ball zwischen die Beine. Schluchzend bricht er zusammen. Ich hebe ihn auf und versuche zu eruieren, wie schlimm es denn ist. Er zieht den Bund seiner Sporthose auf, schaut hinein und besieht sich seinen kleinen Freund.

Schluchzend meint er: »Ich glaub, der is tot.«

Sein großer Bruder schaut auch in die Hose, wendet sich – den Ball schon wieder auf den Boden tippend – ab und entgegnet:

»Quatsch, der ist nur ohnmächtig!«

mcparkhaus

– Basel. Parkhaus Badischer Bahnhof.

Mit einem befreundeten Pärchen in Basel beim Shoppen. Wir fahren in ein Parkhaus und halten vor der Barriere an, um das Parkticket zu entnehmen. Von hinten tönt daraufhin der kleine Sohn des anderen Pärchens:

»Für mich ein Happy Meal!«

kuckuck, wo bin ich?

– Bergisch Gladbach.

Mein Mann und ich liegen am Sonntagmorgen im Bett und möchten eigentlich noch schlafen. Die lieben Kleinen haben aber andere Pläne und versuchen, uns zu wecken.

Kind (drei): »Mama! Papa! Aufstehen!!«
Papa (müde): »Wir sind nicht da. Guckt mal, ob wir im Wohnzimmer sind.«
Die beiden Quälgeister machen sich zu unserem großen Erstaunen tatsächlich auf die Socken. Nach ein paar Minuten herrlicher Ruhe stehen sie allerdings wieder vor dem Bett.

Kind: »Neeee! Im Wohnzimmer seid ihr nicht.«

marketing hat meine kindheit zerstört!

– Fulda. In einem Supermarkt.

Während eines Wochenendeinkaufs hab ich mich über das Kindergeschrei in einem der Gänge gewundert. Bei näherem Hinhören konnte ich Folgendes aufschnappen.

Große Schwester (ca. sechs) rennt ihrem schreienden kleinen Bruder (ca. vier) brüllend hinterher:

»Ja renn bloß weg! Und wenn du weiter heulst, verrat ich jedem, dass deine Jacke von KIK ist!!!«

als staubsauger hat er sich nicht bewährt

– Heppenheim. Im Media Markt.

Ein Ehepaar (Mitte vierzig) lässt sich in der Haushaltswarenabteilung von einem Angestellten beraten. Es läuft eine Alt-gegen-Neu-Aktion. Beim Kauf eines Neugerätes bekommt das Ehepaar Rabatt, wenn es ein altes Gerät zurückgibt.

Verkäufer: »Haben Sie denn nichts Unnützes im Keller?«
Mann: »Doch, unseren Sohn.«

nesthocker a.d.

– Köln. Im Bus nach Zündorf.

Ein junger Mann (Mitte zwanzig) betritt mit zwei Einkaufstaschen bepackt den Bus und trifft dort auf einen Bekannten im gleichen Alter.

Bekannter (etwas verwundert): »Warst du einkaufen?«
Mann: »Ja, ich musste. Mir ist was voll Krasses passiert. Ich komm gestern von der Arbeit nach Hause, da ist meine Mutter ausgezogen!«
Bekannter: »Wie? Ohne dir was zu sagen?«
Mann: »Ja, ich bin ganz normal zur Arbeit und als ich wiederkam, waren sie und alle Möbel weg! Und weißt du, was ganz schlimm war?«
Bekannter: »Was?«
Mann: »Als ich heute frühstücken wollte, war kein Brot da!«

pony und überbiss hat sie ja schon

– Im Flugzeug nach Hamburg.

Eine Frau im Flugzeug sitzt neben einem hässlichen kleinen Mädchen.

Frau: » … und was willst du mal werden, wenn du groß bist?«
Mädchen: »Eine Ballerina …«

(Pause)

» … oder ein Pferd.«

in zehn jahren steht auch er auf doofe

– Lüdenscheid. In einer Schule.

Grundschule, erste Klasse. Die Kinder sollen, wenn sie einen neuen Buchstaben lernen, diesen im Versandhauskatalog suchen und ausschneiden. Ein Junge (sechs) kommt aufgebracht zur Lehrerin, mit dem Katalog in der Hand. Aufgeschlagen ist die Seite, auf der Badewannen abgebildet sind. Darin liegen Frauen, die zwar nackt sind, doch durch den Schaum sieht man nichts.

Junge: »Frau Mamsenhut, gucken Sie mal! Die haben sich ja alle nackt fotografieren lassen! Sind die doof?«

nicht jeder tag ist muttertag

– Hamburg. In der U2, Haltestelle Mundsburg.

Die U-Bahn ist voll. Auf einmal hört man aus einer Gruppe von Menschen Folgendes:

»Hey du, der alte Drachen ruft wieder an! Scheiße, der alte Drachen ruft wieder an!«

Ein junger Typ (ca. zwanzig) guckt aufs Display und geht ran. Er schreit fast in sein Handy:

»Ich hab keine Zeit zum Telefonieren, ruf nächste Woche nochmal an!«

Daraufhin zu seinem Freund: »Sorry, aber da war meine Mutter dran!«

ob bei den genen eine einschulung nötig ist?

– Vlotho.

Eine Mutter mit Kind unterhält sich mit einer Bekannten.

Bekannte: »Geht der Kleine denn jetzt auch schon in die Schule?«
Mutter: »Ja, wir gehen gerade die Liste von der Schule durch, was man alles besorgen muss. Aber die sind ja so blöd … aber so was von blöd! Da steht drauf, sie sollen sechs Wachsmaler mitbringen und jetzt war ich schon beim WEZ und bei Jakobs, aber die haben immer nur Packungen mit vier oder mit acht Stiften drinne!«

philosophisches zur weihnachtszeit

– Berlin.

Kurz vor Heiligabend.

Tochter (fünf): »Du, Mama, was mache ich denn, wenn ich mal nicht mehr an den Weihnachtsmann glaube?«

punk von gestern

– Im Regionalexpress zwischen Nürnberg und Roth.

Eine Gruppe Jugendlicher steigt in den Zug ein. Einer von ihnen hat einen knallbunten Irokesenschnitt. Sie setzen sich auf einen Vierersitz neben eine Familie (Mutter, Vater, zwei Töchter, etwa vier und sechs).

Kleine (deutet auf den Iro): »Mama, guck mal den Mann da an!«
Mutter (lacht): »Ja, so hat der Papa auch mal ausgeschaut.«

Der Vater grinst erst die Leute und dann seine Tochter an. Diese betrachtet skeptisch seine glänzende Glatze und fragt dann wieder ihre Mutter:

»Und wieso is er jetzt so hässlich?«

noch schlimmer: in zehn jahren gibt es immer noch techno

– Hamm. Auf dem Bahnsteig.

Auf dem Nebengleis warten Hunderte von Jugendlichen auf den Zug zur Loveparade nach Dortmund.

Kleines Mädchen: »Du Mami, warum sind da drüben so viele komische Leute? Was machen die da?«
Mutter: »Ach Süße, die sind alle total besoffen und zugekifft und fahren zur Loveparade … Und das Schlimme ist – in zehn Jahren bist du wahrscheinlich auch dabei!«

schlecht gebrüllt, löwe!

– Jülich-Welldorf.

Mein dreijähriger Bruder und sein bester Freund haben mal wieder Unsinn angestellt und meine Mutter hat sie angebrüllt. Als sie nach der überstandenen Standpauke außer Sicht-, aber nicht Hörweite ist, sagt mein Bruder zu seinem Freund:

»Die brüllt manchmal, aba die tut nix!«

lauf yannis, lauf!

– Kiel. Im Schrevenpark.

Eine junge Mutter beim Joggen. Etwa zwanzig Meter vor ihr läuft ein kleiner Junge. Sie hat einige Probleme, an ihm dranzubleiben.

Mutter: »Yannis! Jetzt lauf doch nicht so schnell!«
Yannis: »Das muss ich aber, Mama, dann bin ich da, bevor ich nicht mehr kann!«

schaf kauft schaf

– Duisburg. Im Ikea.

An der Kasse. Vor mir steht eine Frau mit Kind im Einkaufswagen. An der Kasse liegen kleine süße Stofflämmer zum Verkauf aus.

Mutter (zu ihrem Kind): »Schantalle, mach das Mäh ma ei!«

take a walk on the wild side

– Köln. Im Rewe am Hohenzollernring.

Eine gut gekleidete, attraktive Dame um die sechzig verlässt mit ihrem Enkel den Supermarkt. Sie hält ihm strahlend eine Papiertüte mit Brezeln unter die Nase.

Sie: »Möchtest du?«
Er: »Gerne, danke.«
Sie: »Wir sollten allerdings im Gehen essen. Die hab ich nämlich grade geklaut.«

… und papa war mal ein wilder hengst

– Frankenstein.

Unser Sohn ist etwa drei Jahre alt, als er zum ersten Mal die Frage aller Fragen stellt:

»Papa, wo komme ich eigentlich her?«

Ich: »Aus dem Bauch von der Mama.«
Er: »War die Mama mal ein Känguru?«

äffentliches ärgernis

– Frankfurt a. M. Im Zoo.

Vor dem Orang-Utan-Gehege im Frankfurter Zoo stehen Oma plus Enkel und betrachten das polygame Orang-Utan-Familienleben (einmal Mann, dreimal Weib + zweimal Kind). Die Oma startet den ambitionierten Versuch, ihrem Enkel etwas über Orang-Utans, gleichzeitig aber auch über bürgerliches Familienleben zu erzählen.

Oma: »Also, des is der Vadder, der hält den Laden zusamme. (Deutet auf das beleibte Orang-Utan-Männchen, vorne am Käfiggitter).«

Der Enkel nickt und guckt.

Oma: »Und des is die Mudda (deutet auf eine der ruhig rumsitzenden Äffinnen), die guckt, dass Zuhaus alles stimmt.«

Der Enkel nickt und guckt.

Nun bewegt sich das Orang-Utan-Männchen gemächlich aber zielsicher zu einem seiner Weibchen, besteigt es von hinten und führt eindeutige Bewegungen aus.

Enkel: »Omma, was macht der daaaa?«
Oma (nimmt Enkel an die Hand und wirkt sichtlich nervös): »Komm, wir gehn jetzt weiter zu den Fischen!«

vaterliebe oder fahrerliebe?

– Worms. Beim Flugtag.

Eine Frau mit zwei kleineren Kindern schaut einem einmotorigen Sportflugzeug beim Starten zu. Der Vater der Familie sitzt wohl als Gast mit in der Maschine. Nachdem das Flugzeug abgehoben hat, sagt der etwa achtjährige Junge zu seiner Mutter:

»Hoffentlich stürzt Papa nicht ab, der hat den Autoschlüssel!«

verliebt, verlobt, ver … schoben

– Verden. Vor dem Standesamt.

Nach unserer standesamtlichen Trauung stehen wir mit Freunden und Kollegen vor dem Standesamt und stoßen an, als eine Frau mit ihren zwei Kindern vorbeikommt.

Kind: »Mama, was machen die da?«
Mutter: »Die heiraten … (kurze Pause) … das ist das, was dein Papa und ich noch nicht geschafft haben!«

frankensteins zivi

– Berlin-Schöneberg.

Zwei Kinder auf dem Spielplatz eines Kindergartens.

#1: »Ich hab mal 'n Monster gesehn!«
#2: »Wo?«
#1: »Na hier!«
#2: »Asoo, ne, das is der Zivi.«

… und erst recht nicht mim ohne pille

– Mannheim. Bei einem Frauenarzt.

Eine Mutter und ihre Tochter sitzen im Wartezimmer. Die Tochter (ca. 14) heult.

Mutter (keift lauthals): »Wie bleeed kann ma eichentlich sin! Hab isch dia beigebrocht mim ohne Gummi zu bumse?«

von wem hast du das nur?

– Recklinghausen.

Mutter spricht mit ihrem Kind auf der Straße. Das Kind versteht sie nicht richtig.

Kind: »Häh?«
Mutter: »Datt heiß nich ›häh‹, datt heiß ›watt‹!«

an diesem tag wurde ihr klar: der bart muss weg

– Ludwigsburg. In einer Kindertagesstätte.

Kind: »Du? Warst du früher auch mal ein Kind?«
Erzieherin: »Ja, na klar.«
Kind: »Warst du ein Junge oder ein Mädchen?«

schneewittchen und die sieben pferde

– Frankfurt am Main. In einem Schuhgeschäft.

Ein Mädchen (ca. zehn) zu seinen Eltern:

»Ich will die Schuhe nicht! Und wenn ich die nicht will, dann bringen mich keine sieben Zwerge dazu!«

lügen haben lange ohren

– Frankfurt. Flughafen.

Ein kleiner Junge und ein Mädchen unterhalten sich über Haustiere.

Mädchen: »Ich hab eine Katze. Die heißt Minka! Hast du auch ein Tier?«
Junge: »Ja, ich hab einen Hasen.«
Mädchen: »Wie heißt dein Hase?«
Junge (zu seiner Mutter): »Mama, wie heißt mein Hase? Hab ich überhaupt einen Hasen?«
Mutter: »Nein, mein Schatz. Du hast keinen Hasen.«

der schnullertyrann

– Im IC von Frankfurt nach Hamburg.

Zwei Muttis und ihre drei lauten Kinder nerven das Abteil. Es ist erbarmungslos warm, die Kinder drehen total durch. Junge (ca. vier, mit Schnuller) springt auf dem Sitz rum.

Mutter: »Kevin, springst du noch einmal auf dem Sitz rum …«
Kind (nimmt seinen Schnuller raus): »Maul!«

papagei in lebensgefahr

– Essen. Auf einer Gothic-Veranstaltung in der Zeche Carl.

Ein schmächtiges Bürschchen in papageienbunter Kleidung und damit nicht gerade als Angehöriger der Zielgruppe des Events erkennbar, nähert sich dem Türsteher, der etwa zwei Köpfe größer und dreimal so schwer ist.

Türsteher: »Einen Moment … ich überlege gerade noch, ob ich dich hier reinlassen kann.«
Bürschchen: »Watt? Bist du total Panne, oder watt?«

PEINLICHKEITEN – „WATT? BIST DU TOTAL PANNE, ODER WATT?“

Es gibt gute und schlechte Ideen. Sich mal wieder einen Fruchtsalat zuzubereiten ist meist eine gute Idee. Ihn jedoch mit grünen »Advocardos« anzurichten, ist eher eine Idee der schlechteren Sorte. Der Weg ins Reich der Peinlichkeiten, wo rote Köpfe, verschwitzte Hände und schwindelerregende Pulsfrequenzen regieren, ist meist kurz und die Aufnahme in den Club der Gelackmeierten kostet nicht viel. Eine junge Frau in Krefeld entscheidet sich für zehn Euter Praxisgebühr, in Berlin manövriert sich ein junger Papagei vor einer Disco äußerst zielstrebig in die Bredouille. Wenn es darum geht, sich lächerlich zu machen, sind die Menschen zwischen Aachen und Zittau äußerst fantasievoll. So dramatisch die Folgen oft für den Betroffenen sein mögen. Schlechte Ideen haben auch einen großen Reiz: Diejenigen, die Zeugen von brillanten Peinlichkeiten werden, haben einen Mordsspaß.

€utscher versprecher

– Krefeld. Im Wartezimmer einer Arztpraxis.

Eine junge Dame mit außerordentlich großem Dekolleté betritt die Praxis und wartet an der Rezeption. Die schmächtige Sprechstundenhilfe nimmt der Dame das Versichertenkärtchen ab und zieht es durch den Scanner mit den Worten:

»Wunderbar, Frau Müller. Dann bekomme ich für dieses Quartal noch zehn Euter, bitte.«

(Pause)

»Oh Gott … Euro! Ich wollte sagen EURO.«

diese frucht ist anwalts liebling

– Bremen. In einem Supermarkt an der Kasse.

Kunde möchte eine Avocado kaufen. Die Kassiererin kann diese nicht so recht zuordnen.

Kassiererin: »Uiuiui, keine Ahnung, was das Ding kostet.«

Sie dreht sich zu ihrer Kollegin an der Nebenkasse um.

Kassiererin: »Sach ma, was kostet denn die Advocardo?«

nach dem semester zog sie nach exil um

– Wuppertal. Universität.

In einer Vorlesung zum Wirtschaftsprivatrecht.

Dozent: » … eine der Grundideen ist, dass der Gesellschaftssitz nach Gusto verlegt werden kann.«
Studentin (zur Nachbarin): »Wo ist denn Gusto?«

ans kreuz mit ihr

– Passau. Im Geschichtsseminar an der Universität.

Lehramtsstudentin (verwirrt): »Wie? Jesus war beschnitten? Der war doch Christ?«

im team mit al aska und frank reich

– Nürnberg. In einem Büro einer Bankfiliale.

Während der WM 2006. Zwei Angestellte unterhalten sich.

#*1:* »Und, wie hat Costa Rica gestern gespielt?«
#*2:* »Keine Ahnung. Für wen spielt der denn?«
#*1:* »Meinst du das ernst?«
#*2:* »WAS DENN? Spielt der für Deutschland oder warum sollte ich den kennen?«

unser lehrer doktor spank

– St. Blasien. Kolleg.

Lehrer spricht zu seinen Schülern über die Vorzüge eines Softwareversandes:

»Bei SM kostet es dreißig Euro, ich besorgs euch für sieben!«

plautzentausch

– Berlin. In einem Lidl an der Kasse.

Ein älteres Ehepaar bezahlt seinen Einkauf, der auch ein paar billige Herrenhemden beinhaltet.

Dame: »Die kann man schon umtauschen, oder?«
Kassiererin (freundlich): »Ja klar. Das haben schon einige gesagt, dass die ein wenig eng ausfallen. Wenn die nicht passen, kommen Sie wieder und legen den Bauch hier vor, dann machen wir das.«

dass liehgt wol inn denn gehnen

– Friedrichsdorf. In einem Bücherladen.

Zwei Frauen unterhalten sich.

#1: »Mein Kind hat ja solche Probleme mit der Rechtschreibung.«
#2: »Die hatte ich auch lange, das gibt sich dann mit der Zeit.«
#1: »Ja, mein Mann hat auch Probleme mit der Rechtschreibung, aber seit er das Programm von Lüdenscheid hat, geht es besser.«

darwins vergessene kinder

– In der Regionalbahn nach Köln.

Drei Checker, denen anscheinend langweilig ist, sitzen im Zug auf den Notsitzen. Daneben ist eine Steckdose angebracht. Einer der drei klappt diese auf und liest die angegebene Voltzahl:

»Ey, zweihundertzwanzisch Volt! Krasse Bahn! Ich hab zu Haus 'ne Neun-Volt-Batterie und die pritzelt schon auf der Zunge! Aber zweihundertzwanzisch? Echt krass viel, Alter!«

Die anderen beiden nicken begeistert und zustimmend.

der beginn einer wunderbaren freundschaft

– Limburg. In einer Jugendherberge.

Junger Typ und junge Frau an der Rezeption.

Sie: »Hallo, ich bin Anna.«
Er: »Ich bin der Florian.«
Sie: »Ey, tut mir leid, aber ich mag den Namen Florian gar nicht. Der ist genauso schlimm wie Stefan und Christian.«
Er (mit säuerlichem Gesicht): »So heißen meine beiden Brüder.«

die enkelsohn?

– München. Hauptbahnhof, Gleis 18.

Neben mir steht ein Rentnerehepaar mit kleinem Koffer. Eine ältere Dame kommt dazu.

Ältere Dame: »Mei, wie schön, Sie zu sehen! Was machen Sie hier?«
Rentnerin: »Wir wollen die Kinder und unseren Enkelsohn besuchen!«
Ältere Dame: »Ohhh, Sie haben jetzt einen Enkelsohn? Was ist es denn, Junge oder Mädchen?«
Rentnerin (mit Stolz in der Stimme): »Er ist ein Junge!«

der ultimative smalltalk

– Tunesien. Im Abflugbereich des Flughafens Djerba.

Ich stehe gelangweilt mit meinem Kumpel in der Check-In-Schlange. Vor uns wartet ein Elternpaar mit einer Tochter (ca. 13). Irgendwann kommt ein anderes Mädchen auf die Tochter zu und die beiden begrüßen sich. Nachdem die Tochter das Mädel als Klassenkameradin vorgestellt hat, stellt sie ihr die Frage:

»Hey, warst du eigentlich auch in Tunesien?«

der witz bist du!

– Mettmann. Auf einer Party.

Erzähler: »Ich kenn einen prima Witz. Also: KOMMT 'ne Frau BEIM Arzt ...«

Die Zuhörer lachen alle laut auf, bis auf eine junge Frau.

Junge Frau: »Verstehe ich nicht, was soll daran so witzig sein?«
Darauf eine andere junge Frau mit erhobenem Zeigefinger: »Bist du blöd! Ich erzähl den nochmal gaaanz langsam für dich: GEHT 'ne Frau ZUM Arzt. Kennst du keine Antiwitze?«

ein und dasselbe nicht weit von sich selbst

– Wilhelmshaven. Im Bus Richtung Volslapp.

Älterer akkurat angezogener Herr schlägt seinen Rentner-Freunden vor, mal wieder Eis essen zu gehen.

#1: »Und wohin sollen wir gehen, zu Venezia?«
#2: »Dachte ich auch … (mit erhobenem Zeigefinger und intelligenter Miene) Venezia, gibt's ja wirklich! Ist so 'ne Stadt nich weit von Venedig!«

eine nummer zu groß

– Bottrop.

Ein sehr heißer Sommertag. Eine junge Frau mit einem trotz ihrer großen Oberweite extrem weit ausgeschnittenen Neck-Holder-Oberteil steigt in einen Bus vorne beim Fahrer ein. Sie möchte ein Einzelticket kaufen, hat aber nur einen Zwanzig-Euro-Schein dabei, den sie vor sich in Brusthöhe hält. Der Fahrer, der sowieso auf Augenhöhe der Oberweite sitzt, starrt so zwangsläufig auf den Busen der Frau. Die Frau nennt die Zielhaltestelle, ist sich aber nicht sicher wegen des Scheines.

Frau (vorsichtig fragend): »Zu groß?«
Busfahrer (mit starrem Blick): »SEEEHHHR GROSS!!«

quatsch ohne sauce

– Düsseldorf. In einem Aldi.

Zwei Frauen (ca. 25) stehen an der Kasse.

#1: »Ich mach mir heute Abend Nudeln mit Pasta!«
#2: »Kenn ich, schmeckt richtig gut.«
#1: »Ja, aber ich hab mal gehört, dass das fettig ist.«

makrele macchiato

– Regensburg. In einer Nordsee-Filiale.

Kundin: »Einen Cappuccino zum Mitnehmen bitte!«
Angestellte: »Mit oder ohne Geschmack?«

interkontinentalreise ins 17. bundesland

– Hannover. In einer Kantine.

Zwei Kollegen unterhalten sich.

#1: »Gestern hab ich meine Tochter gefragt, wo wir denn dieses Jahr im Urlaub hinfahren wollen.«
#2: »Und, was hat sie gesagt?«
#1: »Ibiza oder Mallorca. Hab ich gesagt, pass mal auf mein Fräulein, so lange wie ich den Urlaub bezahle, bleibst du in Europa!«

frauen und die frage nach dem alter

– Berlin. In einem Freizeitbad.

Vor dem Betreten des Schwimmbades erklären wir unserer Tochter, die gerade ihren fünften Geburtstag hatte, dass Kinder bis vier Jahre kostenfreien Eintritt haben. Deshalb behaupten wir an der Kasse, sie sei erst vier.

Kassiererin (zu unserer Tochter): »Na, wie alt bist du denn?«
Tochter: »Heute bin ich vier, aber morgen bin ich wieder fünf!«

ganz normaler rassismus

– St. Georgen im Schwarzwald. In einer Schule.

Im Sozialkundeunterricht, Thema Sozialpolitik.

Lehrer: »Was ist denn für dich ungerecht?«
Schülerin: »Na … zum Beispiel Rassismus zwischen Schwarzen und normalen Leuten.«

da kann man den glauben verlieren

– Freiburg. In einem H&M.

Zwei Teenies unterhalten sich beim Shoppen.

#1: » … jaaa, und der Gregor hat gesagt, er wär ein Atheist, weißt du, was das is?«
#2: »Mhmmm … weißt du's?«
#1: »Nö.«
#2: »Hat des nicht irgendwas mit Gott zu tun oder so?«
#1: »Ach du Scheiße, ist der also wirklich so ein Gläubiger? Ey Mann, das hätt ich nie gedacht.«

das ist ihr so rausgerutscht

– Saarbrücken. Im Karstadt an Silvester.

Pärchen bezahlt Gleitmittel. Die Verkäuferin gibt ihnen das Rückgeld mit den Worten:

»Guten Rutsch!«

er hatte wohl keinen homor

– Berlin-Kreuzberg.

Sie: »Ey, wa, nee, wie der sich aufführt!«
Er: »Na, hast dich aber auch nicht zurückgehalten!«
Sie: »Ich? Ich hab doch überhaupt nichts gesagt!«
Er: »Du hast gesagt, er wär 'ne schwule Sau!«

alles stümper außer mich

– Bochum. Universität.

Eine Studentin hält ein äußerst schlechtes Referat. Sie schließt mit den Worten:

»Obwohl es Hegel und Mommsen nicht schaffen, meine These zu belegen, möchte ich ihre Werke hier nicht abwerten. Für einige Dinge sind sie vielleicht doch nützlich.«

hohle drohung?

– Freiburg. Auf einem Weinfest.

Zwei Kerle aus einem Freiburger Problemviertel geraten aneinander, da der eine dem anderen die Freundin ausgespannt hat. Die Auseinandersetzung wird handgreiflich, woraufhin der betrogene Kerl dem anderen die Nase blutig haut. Das ›Opfer‹ droht ihm:

»Ich geh heim und hol meine Schrotflinte, und dann stech ich dich ab!«

tagebuch eines vollpfostens

– Hamburg-Eimsbüttel. In einer Kneipe.

Während einer TV-Bundesligakonferenz. Es gibt Elfmeter für Hamburg gegen Leverkusen. Die Szene zum Elfer wird gerade wiederholt.

HSV-Fan (mit Trikot): »Nee, nee, nee, das war kein Elfer, niemals. Wenn überhaupt Foul, war's außerhalb. Du Blindfisch!«

Meine Freundin und ich gucken ihn für seine Fairness bewundernd an. Der Elfmeterschütze legt sich den Ball zurecht.

HSV-Fan: »Den hält er!«

Der HSVler schießt den Elfer knallhart vorbei.

HSV-Fan (jubelnd): »JA! JAA!! JAA!!! Jawoll, weiter so!«
Ich: »Ähm, du weißt schon, dass der für euch war, oder?«
HSV-Fan (sieht mich entgeistert an): »WAAAAS? Nee, nä?«
Ich: »Doch, guck doch, da is grad die Wiederholung, der war für euch.«
HSV-Fan (schaut auf die Leinwand und lässt den Kopf auf den Tisch fallen): »Oh neeeee!!«

kinder können so grausam ... aussehen

– Hannover. In einem Supermarkt.

Eine ältere Dame steht an der Kasse im Supermarkt hinter einer Mutter mit zwei gleich großen rothaarigen Kindern im Kindergartenalter.

Dame: »Ach, ihr seid ja süß! Seid ihr Zwillinge?«
Mutter: »Nein.«
Dame: »Nein? Aber Geschwister doch, oder?«
Mutter: »Nein, sie ist meine Nichte.«
Dame (wendet sich einem der Kinder zu): »Ach, du bist ein Mädchen?«
Mutter: »Nein, das ist mein Sohn.«

ich glaub, ich bin im falschen film

– Mülheim an der Ruhr. Cinemaxx Rhein-Ruhr-Zentrum.

Während eines Filmes im Kino klingelt hinter uns ein Handy. Teenie-Mädel geht aufgeregt dran und schreit:

»Spinnst du, mich anzurufen, ich bin im Kino!«

wenn vorsätze in rauch aufgehen

– Augsburg. In einer Straßenbahn.

Typ, Anfang zwanzig, Ghetto-Style, telefoniert gut vernehmbar mit seinem Handy.

Typ: »Ey, Scheiße Mann, die ham uns voll hochgehen lassen. Gibt kein Pulver mehr in der Stadt ... SOKO Ali-Baba ... Die Wichser warn bei mir und ham die komplette Bude auf den Kopf gestellt. Die ham mein ganzes Geld mitgenommen, fünfzig Mäuse hamse mir noch gelassen, die Ärsche. Keine Ahnung was ich jetzt machen soll. Ey, ich bin voll am Sack.«

(Pause)

»Ja, Scheiße ey. Ey, du hast Recht. Mann, ich muss jetzt klarkommen. Ich schwör ey, ich muss mein Leben ändern und so ...«

(Pause)

»Ey sag mal, hast du vielleicht noch was zum Rauchen oder so da?«

(Pause)

»Ey, fett Alter, ich komm vorbei!«

hatte ich nicht *alzheimer – erste symptome* ausgeliehen?

– Reutlingen. In einer Bibliothek.

Bibliotheksangestellte bedient eine Kundin um die vierzig.

Angestellte: »Also, Sie haben noch ein *Freche Mädchen, Freche Bücher*-Buch zu Hause.«
Kundin: »Das habe ich nie ausgeliehen, was soll denn das sein?«
Angestellte: »Ein Jugendbuch.«
Kundin: »Ne, ne, das tun Sie mal schön rauslöschen!«
Angestellte: »Das geht aber nicht. Schauen Sie doch bitte nochmal zu Hause nach.«
Kundin: »Was soll ich denn noch sagen? Ich habe das Buch nicht!«
Angestellte: »Was haben Sie denn da in der Hand?«
Kundin: »Ach ... da ist ja das Buch! Das habe ich aber nie ausgeliehen!«

mach's wie rain man!

– Dortmund. In einer Eisdiele.

Ein Mann (Mitte dreißig) schwadroniert über das richtige Verhalten bei Vorstellungsgesprächen:

»Du darfst ja nicht künstlich rüberkommen. Bei einem Vorstellungsgespräch musst du bleiben wie du bist, verstehst du? Immer autistisch bleiben!«

in gedanken im gemüseland

– Hamburg. In einem Einkaufszentrum.

In der Schlange eines Obst- und Gemüseladens. Ein schlacksiger Mann mittleren Alters ist an der Reihe.

Verkäuferin: »Was darf's denn sein?«
Kunde: »Äh, ja ... ein Pfund Tomaten.«

Die Verkäuferin wiegt die Tomaten ab, während der Mann gedankenverloren in die Gemüsereihen starrt. Danach wendet sie sich wieder an den Kunden.

Verkäuferin: »Darf's sonst noch was sein?«
Kunde (schaut sie verwirrt an): »Nein danke, ich werde schon bedient.«
Verkäuferin: »Ja, ich weiß. Von mir.«

metrosexuelles fettnäpfchen

– Köln. Krankenhaus St. Hildegardis.

Eine hochbetagte Patientin wendet sich peinlich berührt an den jungen Krankenpfleger:

»Es ist mir wirklich sehr unangenehm und ich möchte mich dafür entschuldigen. Ich hatte Sie nämlich zuerst für einen Mann gehalten!«

in unserer familie können wir über alles reden

– Bielefeld. Media Markt, in der PC-Abteilung.

Ein Mädchen (ca. 16) läuft quengelnd hinter ihrem Vater her.

Tochter: »Oh Papa, jetzt kauf das doch. Ich will nach Hause!«
Vater: »Ja, ich bin ja gleich fertig.«
Tochter: »Papa, jetzt beeil dich, ich muss voll dringend auf Klo!«
Vater: »Ja, ich bin ja gleich fertig. Willst du schon mal ins Auto gehen?«

Er holt nachdenklich den Autoschlüssel aus seiner Jackentasche, sagt aber im gleichen Moment:

»Ach nee, dann pupst du wieder so das Auto voll, wir müssen ja auch nach Hause fahren können.«

mal was neues für den duden

– Meiningen (Thüringen). Im Fotoladen Foto Ed.

Eine Frau kommt schnellen Ganges in den Laden gerauscht und fragt:

»Entschuldigen Sie, haben Sie auch Hochzeitsalbümsers?«

dieser doktor ist aus ganz besonderem holz geschnitzt

– Köln. In einem Großraumbüro.

Im Kollegenkreis wird heftig ein ärztliches Gutachten diskutiert.

Kollege: »Also, einfach sagen, das stimmt nicht, würde ich nicht. Der Arzt ist schließlich auf seinem Fachgebiet eine Konifere!«

Dies ruft allgemeines Gelächter hervor. Die anschließende peinliche Pause durchbricht eine Kollegin:

»Ach, machen Sie sich nichts draus Herr Sanchez-Tiex! Ich hätte auch nicht gewusst, wie der Arzt heißt!«

quod erat demonstrandum

– Salzbergen.

Zwei Mädels und ein Junge sitzen im Zug. Der Junge trägt ein T-Shirt mit der Aufschrift ›Jeder hat das Recht dumm zu sein … einige missbrauchen dieses Recht leider ständig.‹

Mädchen: »Hä? Versteh ich nich!«

ins herz geklaut

– Frankfurt am Main. In einer S-Bahn.

Zwei Jungen (ca. 14) unterhalten sich.

#1:»Ey, gib ma Nummer von der Lisa!«
#2: »Wieso, Mann?«
#1: »Die sieht voll aus wie Paris Hilton, voll geil, ey.«
#2: »Ja, aber nee. Ich kann dir doch nicht einfach die Nummer von der geben. Das ist voll gegen Privatsphäre und so. Siehste, da kriegt die voll das schlechte Bild von uns. Was denkt'n die dann?«
#1: »Hmmm … klar. Scheiße, die soll schon denken, ich wär cool und so. Sag doch dann einfach, ich hätte dir das Handy geklaut und die Nummer rausgeschrieben.«

Itu – looping transport unternehmen?

– Düsseldorf. Flughafen.

Ich sitze im Flieger der LTU nach New York im hinteren Drittel der Maschine. In der Sitzreihe vor mir sitzen ein Typ (ca. zwanzig) am Gang und neben ihm am Fenster sein kleiner Bruder (ca. fünf). Der kleine Junge fliegt offensichtlich zum ersten Mal. Er ist sehr aufgeregt und voller Vorfreude, er redet ununterbrochen. Als der Flieger auf der Startbahn ist, sagt der Ältere zu dem Jüngeren beiläufig:

»Onan, du weißt ja, dass wir gleisch nachem Stacht erstmal einen Looping machen, um in die Umlaufbahn zu kommen, ne?!«

Der Kleine guckt den Älteren mit großen Augen an, schluckt und sagt:

»Ja … klar. Weiß ich.«

Der Ältere daraufhin: »Ja dann is ja jut. Musste disch jut festhalten dann, ne!? Wir fliegen ja über Kopf kurze Zeit.«

Der kleine Onan wird daraufhin nachdenklich und still. Der Flieger erreicht die Startbahn, beschleunigt ohne Stopp sofort voll durch. Der Flieger wackelt über die Unebenheiten der Rollbahn. Als der Pilot die Nase des Fliegers anhebt und der vordere Teil des Fliegers abhebt, fängt er plötzlich an, so laut zu schreien, dass es wohl selbst dem Piloten nicht entgeht:

»Ich hab Angst, ich hab Angst, ich will keinen LOOOOPING!!!«

krieg der nachbarn: erster akt

– Gladbeck. In einer Arztpraxis.

Eine etwas betagte Patientin kommt in die Praxis und drückt der Sprechstundenhilfe eine kleine Tupperdose in die Hand.

Patientin: »Ich muss mal meinen Urin kontrollieren lassen.«

Sie reicht der Sprechstundenhilfe die Plastikdose.

Patientin: »Ich sag's Ihnen aber gleich. Das Töpfchen muss ich wieder zurückhaben, das gehört nämlich meiner Nachbarin.«

nächstes mal vielleicht: alles fit in moabit?

– Berlin. Vor der Disco MaBaker.

Eine Gruppe junger Gangsta-Typen um die 18 steht vor dem Club. Endlich sind sie am Türsteher angekommen. Der Kleinste von ihnen schaut zu dem dunkelhäutigen, drei Köpfe größeren Türsteher hoch.

Typ (mit Fistelstimme): »Na? Alled fresch in Marrakesch?«
Türsteher (gleichgültig herunterblickend und mit wegwinkender Handbewegung): »Ciao-Cescu.«
Typ (ratlos): »Wat denn?«
Freund des Typen: »Du wirst niemals in einen Club kommen, Alter, NIE IN DEINEM LEBEN!!«

musik verbindet. oder nicht.

– Leipzig. Im Club Ilses Erika.

Gespräch zwischen einem Pärchen Mitte zwanzig.

Sie: » ... hört sich irgendwie an wie Nick Drake, oder?«
Er: »Hmm. Schon irgendwie.«
Sie (begeistert): »Du kennst Nick Drake?«
Er: »Na klar.«
Sie: »Den Musiker?«
Er: »Ja, warum nicht?«
Sie: »Echt?«
Er: »Mann! Klar kenn ich ... Nick Drake!«
Sie (skeptisch): »So? Wo kommt der denn her? Was für eine Art Musik macht er?«
Er (aggressiv): »Weißt du was? Das ist mir so was von scheißegal!«

when did norman die?

– München. Gymnasium Gröbenzell.

In einer Geschichtsstunde geht es über den Kriegseintritt der USA in den Zweiten Weltkrieg.

Schülerin: »Wer war eigentlich dieser Paul Harbour, den die Japaner da angegriffen haben?«

no woman, no revolucíon

– Halver. In einem Nippes-Laden.

In dem Laden, in dem ich arbeite, werden seit kurzer Zeit Buttons verkauft. So ziemlich alle Enddreißiger fühlen sich in ihre Jugend zurückversetzt. Eine Frau, die die Buttons gerade entdeckt hat, sagt zu ihrem Mann:

»Und damit hatte ich früher mal die ganze Jacke voll!«

Sie wühlt ein bisschen in der Kiste und hält einen Button mit dem Gesicht Che Guevaras hoch.

»Guck mal, sogar den Bob Marley haben die hier!«

zum führerschein geprügelt

– Düsseldorf. Fahrlehrerfachschule.

Dozentin: »Warum brauchen wir Pädagogik?«
Fahrlehreranwärter: »Weil schlage verbode und Gewalt keine Lösung ist.«

(Pause)

Dozentin: »Wir haben wohl noch viel Arbeit vor uns.«

schwieriges beruferaten

– Paderborn. In einem Bus.

Ein Fahrgast betritt den Bus. Fahrer und Fahrgast kennen sich augenscheinlich.

Fahrgast: »Jaja, ich arbeite nicht mehr als Elektriker, bin jetzt da in dem Lager bei Wulf …«
Fahrer: »Aha …«
Fahrgast: »Du, ich hab ja gehört, du arbeitest jetzt auch nicht mehr als Elektriker?«
Fahrer: »Nee, nicht mehr …«
Fahrgast: »Und? Was machst du jetzt beruflich?«
Fahrer (verdutzt): »Äh, bitte was?«
Fahrgast: »Ich meine, was du jetzt tust?«

(Pause)

Fahrer: »Ich bin jetzt Lokführer, aber weil wir gerade streiken, verdiene ich mir mit Busfahren was hinzu.«

sind wir nicht alle ein bisschen tourette?

– Bochum.

Auf einer Familienfeier. Ein Mann erzählt, dass ihm etwas Ungerechtes bei der Arbeit widerfahren ist.

Sie (schaut mitfühlend): »Ach, du Arsch.«
Er (verwirrt): »Häää?«
Sie: »Äh, wollte sagen: du Schwein.«
Er (gänzlich verwirrt): »Warum denn?«
Frau (stotternd): »Ah neee, ich meinte: du armes Schwein!«

und das soll der vater meines kindes werden?

– München. Im Karstadt.

Am vierten Adventssamstag. Ein Pärchen Ende zwanzig in der Spielwarenabteilung.

Er: »Ich brauch noch was für meinen Cousin. Guck mal, das wär doch was.«

Stolz hebt er einen Elefanten und ein Zebra aus Hartgummi aus einem Glasregal. Die Dinger kosten rund dreißig Euro und sind ziemlich filigran verarbeitet.

Sie: »Spinnst du? Das kannst du doch keinem Zweijährigen schenken!«
Er: »Warum denn nicht? Die kann meine Tante dann in die Vitrine stellen und wenn der Kleine hochgehoben wird, kann er sich die Tiere angucken!«

kalt erwischt

– Bochum-Wattenscheid. An einem Kiosk.

Kunde: »Ich hätte gerne 'ne Dose Cola!«
Verkäufer: »Kalt?«
Kunde: »Ooch, wenn man 'ne Jacke anhat geht's.«

sprich nicht mit der katzenfrau

– Veitsbronn. In einer Metzgerei.

Eine Oma ist an der Reihe. Nachdem sie umständlich und unentschlossen ihre dreihundert Gramm Aufschnitt ausgesucht hat, fällt ihr noch das Wichtigste ein.

Oma: »Jetzt brauch ich noch Futter für meinen Kater, den Süßen!«

(unentschlossene Pause)

»Aaaaachhh ... was soll ich denn nehmen? Wissen Sie, mein Kater, der ist doch soooo heikel. Nachher frisst er's mir wieder nicht, dann darf ich's wieder essen.«

stalker oder radio-talker?

– München. Radio Gong.

Der Radiomoderator einer Morning-Show ruft eine junge Frau an, um ihr eine Gewinnnachricht zu übermitteln. Da sie von dem Anruf geweckt wird, geht sie benebelt ans Telefon und klingt etwas verschüchtert.

Frau: »Hallo?«
Moderator: »Hast du Angst?«

Die Frau legt auf. Der Moderator ist etwas perplex und ruft nochmal an. Nun geht die Mutter der jungen Frau ans Telefon und schreit in den Hörer:

»Du bist ein Arschloch und sonst gar nix!«

statt sturm nur laues lüftchen

– Bonn. In einer U-Bahn.

Zwei Mädchen sitzen in meiner Hörweite in der U-Bahn und zermartern sich das Hirn über ein passendes Motto für ihren Abiturjahrgang.

#1: »Mir fällt einfach nix Tolles ein!«
#2: »Lass ma Brainstorming machen.«
#1 (verwirrt): »Aber da is doch gar kein Abi drin!«

stichhaltiges angebot

– Darmstadt.

Unser Taxi hält am Ziel. Der Fahrer dreht sich erwartungsvoll um. Einer der Fahrgäste auf der Suche nach Geld:

»Können Sie auf zwanzig Messerstiche rausgeben?«

ihr ganz persönliches schleudertrauma

– Dresden. In der Herrenabteilung bei Peek & Cloppenburg.

Ein Kunde mit Halskrause (Ende zwanzig) lässt sich von einer molligen Verkäuferin beraten.

Verkäuferin: »Was haben Sie denn mit Ihrem Hals gemacht?«
Kunde: »Ach … Gokart fahren.«
Verkäuferin: »Gokart fahren? Sind Sie nicht etwas zu alt fürs Gokart fahren?«
Kunde (sehr trocken): »Sind Sie nicht etwas zu dick, um hier zu arbeiten?«

too much detail!

– Langenfeld. In einem Real.

Ein Ehepaar ist mit seiner kleinen Tochter beim Einkaufen.

Mutter: »Gib der Mama doch mal einen Kuss!«
Tochter: »Nein!«
Mutter: »Ach komm, nur ein kleines Bussi.«
Tochter: »NEIN!«
Mutter: »Warum denn nicht?«
Tochter: »Du nimmst Papas Pipimann in den Mund! Das mag ich nicht!«

in your face!

– Berlin. Humboldt-Universität während einer Vorlesung.

Der Dozent erklärt fleißig, hat dabei ein Stück Kreide in der Hand. Dieses hat er zwischen Daumen und Zeigefinger und merkt nicht, wie er in Richtung der Studenten seinen Mittelfinger ausstreckt. Der ganze Hörsaal schmunzelt schon, der Dozent bemerkt das Raunen und wird langsam auch etwas unruhig. Dann guckt er gezielt eine Studentin an und fragt:

Dozent: »Darf ich denn auch mal mitlachen?«
Studentin: »Es tut mir leid, aber … es … es ist Ihr Gesicht! (dann etwas leiser) Ach du Scheiße!«

versteckte welten

– Landau. In einem Club.

Betrunkener Junge: »Da drin sieht's geil aus. Ich geh da rein!«
Freund: »Alter, das is'n Spiegel!«

über den jordan gewandert und nicht mal 'ne karte geschrieben!

– Bergisch Gladbach. Bus- und S-Bahnhof.

Wie aus dem Nichts taucht eine riesige Gruppe von älteren Menschen in Wanderklamotten auf, ausgestattet mit Walking-Stöcken, Wollsocken bis über die Waden usw. Die Mitglieder wuseln über den Bahnhof und unterhalten sich schnatternd über den neuesten Klatsch und Tratsch.

#1: »Ist das auch mal wieder schön, die ganzen Leute wiederzutreffen!«

(Pause)

»Sach ma, wo ist eigentlich die Anneliese?«

#2 (gleichgültig): »Ach, die ist doch schon seit zwölf Jahren tot.«

mein mann hat mir heute einen strauß brote geschenkt!

– Dallgow. In einem Supermarkt.

Ein Mann kommt mit seinem Kassenbon zur Kassiererin zurück.

Mann: »Sag'n se mal, was is denn datt hier? Ich hab doch keen Baguette gekooft.«

Er zeigt auf den ersten Artikel auf dem Bon.

Kassiererin (nimmt den Bon): »Neee, da steht nicht Baguette, sondern Bouquet ... das sind die Blumen, die Sie gekauft haben.«
Mann: »Ach sooo, na dann ist ja alles klar.«

Er verlässt den Laden.

Kassiererin (grinsend): »Jaja, Englisch müsste man können.«

1,2,3,4 eckstein, alles muss versteckt sein

– Berlin. In einem Kindergarten.

Kind (zu Erzieherin): »Die Mama versteckt Papas Lulu immer in der Nachttischschublade.«

wenn dumm geld macht

– Lüdenscheid. In der Fußgängerzone.

Vor mir stolziert eine aufgestylte Mädchenclique. Eines der Mädchen erklärt ihren Freundinnen, wie man ein Studium finanzieren kann.

Mädchen: »Ey, es gibt so'n Stupendium, da kriegt man alles bezahlt.«

im zweifel für den angenuschelten

– Berlin. In einer Bäckerei.

Die Verkäuferin reicht einem Kunden seine Backwaren.

Verkäuferin: »Dreieuroneunzigbitte!«
Kunde: »Wie bitte?«
Verkäuferin (lauter): »Drei Euro neunzig.«

Der Kunde zahlt und geht.

Die Verkäuferin wendet sich erstaunt zur nächsten Kundin.

Verkäuferin: »Nuschel ich?«
Kundin: »Wie bitte?«

sie ist vollkommen aus dem höschen

– Bremen. Zwischen Brill und Wall.

Gegen ein Uhr nachts. Ein Mädchen geht mit forschem Schritt und laut protestierend vor ihren zwei Freundinnen die Straße hoch. Sie hat einen Slip in der Hand:

»Da frag ich ›Zeichnet sich mein Schlüpfer ab?‹ Dann heißt es ›Ja!‹ Dann zieh ich ihn aus, und dann ist es auch wieder nicht richtig!!«

zum versprecher verführt

– Gedenkstätte Dachau.

Alle neunten Klassen fahren einmal nach Dachau ins ehemalige Konzentrationslager. Vor dem Ausflug wurde uns mehrfach und eindringlich von unserem Lehrer eingeschärft, dass die Leute, die die Führungen organisieren, »Betreuer« genannt werden sollen. Als die »Betreuerin« kommt, geht unser Lehrer auf sie zu und begrüßt sie:

»Sie sind also die … der Führer?«

vom schluckspecht wurde sie zur schnappschild-kröte

– *Grafschaft.*

Auf einer Geburtstagsparty unterhält sich eine Gruppe junger Frauen.

Junge Frau (25): »Ich mag Kinder, ich möchte gerne selber welche haben.«

Ihr Freund hat dies gehört und wirft für alle im Raum gut hörbar ein:

»KINDER? DIE SCHLUCKST DU DOCH ALLE RUNTER!«

auf den hund gekommen

– Duisburg. An der Ruhr.

Ein Mann mit zwei Hunden betritt eine Kneipe. An der Theke lehnt ein anderer Mann, der bereits gut vollgetankt hat. Schwankend wendet er sich den Hunden zu, betrachtet sie sinnend und teilt der überraschten Menschheit mit:

»Ich wollt, ich wär zwei Hünde. Dann könnt ich zusammen spielen!«

SURREALES – „ICH WOLLT ICH WÄR ZWEI HÜNDE."

Ärgern Sie sich auch manchmal über zu hohe Ticketpreise in den öffentlichen Verkehrsmitteln? Ja? Dann sollten Sie vielleicht mal wieder zum Pferdemetzger Ihres Vertrauens gehen. Der stellt Ihnen einen Freibrief zum Schwarzfahren aus. Verstehen Sie nicht? So ging es wohl auch dem engagierten Belauscher folgender befremdlichen Szene in einem Dortmunder Bus. Der alltägliche Wahnsinn ist voller schräger Typen, skurriler Szenen und absurder Dialoge. Egal ob dampfbügelnde Skater, wandelnde Weltwunder oder depressive Delfine: Nichts ist so verrückt wie die Wirklichkeit.

he was a dampfbügelsk8ter boi

– Zwischen Köln und Bonn. In der Regionalbahn.

Mit mir im Abteil sitzen zwei Skater-Jungs (ca. 15) in vollem Markenoutfit samt Multimediaausstattung. Beide fläzen sich sehr entspannt in die Sitze. Der eine bewundert die überweite, auf Halbmast hängende Skaterhose des anderen:

#1: »Echt coole Hose, Mann!«
#2: »Krass, ne? ... Aber hier, fass die mal an. Dat is 'ne Qualität, die findste nich überall. Die bügelt sich echt krass. Ey, da gleitet dat Bügeleisen nur so drüber!«

pferdefleisch kommt ticket gleich

– Dortmund. Im Bus 440 Richtung Flughafen.

Ein älterer Herr, der nicht ganz frisch aussieht, steigt in den Bus und zeigt sein Ticket vor. Der Busfahrer nimmt das Ticket für eine genauere Untersuchung in die Hand.

Busfahrer: »Wo sinse denn vorher eingestiegen?«
Alter Herr: »In der Innenstadt. Und jetzt war ich noch Einkaufen, in Hombruch.«
Busfahrer: »Das liegt ja nicht auf dem Weg. Mit dem Ticket hier dürfense keine Rundreise machen.«
Alter Herr (in scharfem Ton): »Ich war aber beim Pferdemetzger!«

and I think to myself … what a wonderful world!

– Aachen. Im Bus Linie 13.

Auf den beiden Sitzen direkt hinter dem Fahrer sitzen zwei Männer, die offensichtlich nicht miteinander bekannt sind. Es geht zunächst um das Feuerwerk, mit dem die Stadt Aachen das Ende der Reit-WM feierte.

#1: »Haben Sie denn gestern auch das Feuerwerk gesehen?«
#2: »Ja, von Eilendorf aus noch, hab ich mich gewundert, das war doch in der Soers?«
#1: »Ja, in der Soers, nein, vom Lousberg haben die das gestartet.«
#2: »Ach so, dann ist klar, ich hatte mich schon gewundert, von Eilendorf aus hatte ich das noch gesehen, aber dann ist klar, Lousberg.«
#1: »War aber toll, das Feuerwerk!«
#2: »Ich will gar nicht wissen, was das gekostet hat. Ist doch alles Schickimicki, mit den Pferden! Das ist Tierquälerei, ein Pferd würde niemals von sich aus über so eine Hürde springen, das würde immer drum rum laufen.«
#1: »Ja, aber das ist immer noch besser als bei den Mastschweinen!«
#2: »Ja, alles Tierquälerei!«
#1: »Jaja, die Welt ist schlecht!«
#2: »Und das ist sie auch schon immer gewesen! Das ist, weil die Menschen schlecht sind. Solange es Menschen gibt, wird die Welt schlecht sein!«
#1: »Genau! Auf Wiedersehen!«
#2: »Auf Wiedersehen!«

außer bese nix gewese

– Karben. Am Bahnhof.

Zwei Männer unterhalten sich in schönstem Hessisch.

#1: »Hier Rischard!«
#2: »Ei was denn?«
#1: »Hier, du baust doch grad deheim, oder net?«
#2: »Jou.«
#1: »Ei, isch hab doch grad letzt bei mir de Keller ausgeräumt.«
#2: »Un?«
#1: »Ei, da find isch doch so'n Bese!«
#2: »En Bese?«
#1: »Ei, en Bese, hier, fast wie neu, sach isch dir. Und da hab isch gleich annen Rischard gedacht, weil der baut doch grad, der kann so'n Bese bestimmt gut gebrauche!«
#2: »Ah ... jou.«

sie hätten ihn nicht adolf nennen sollen

– Bremen-Sebaldsbrück.

Ein Junge steht allein in der Linie 10 der Bremer Straßenbahn. Plötzlich ruft er:

»Ich bin NICHT Hitler!«

Er guckt kurz nachdenklich, ruft dann weiter:

»Wirklich nicht!«

blöder hund, blöder!

– Mannheim. Hauptbahnhof.

Ein Mann mit Hund versucht, eine Rolltreppe hochzufahren. Gleichzeitig versucht er, seinen Hund auf eine parallel verlaufende Steintreppe umzuleiten, damit dieser dort neben ihm hochläuft. Der Hund versucht jedoch immer wieder, sich mit auf die Rolltreppe zu quetschen.
Der Mann wird immer wütender und schreit seinen Hund an:

»Nein, du darfst das nicht! Geh da hoch! Nein, hier lang hab ich gesagt.«

Völlig entnervt brüllt er schließlich:

»Mann, kannst du nicht lesen! Hunde auf der Rolltreppe verboten!«

das wunderbare achte

– Viersen. Allgemeines Krankenhaus.

Demente Patientin (im Brustton der Überzeugung): »Bin ich ein Weltwunder!?«
Pfleger: »Aber klar!«

born to burn

– Wassermungenau. In einer Kirche.

Während eines Konfirmationsgottesdienstes. Der Pfarrer schneidet in seiner Predigt das Thema Lethargie an. Plakativ führt er in diesem Zusammenhang das Burn-out-Syndrom an.

Pfarrer (mit bedeutungsschwangerem Ton): »Burn-out. Wörtlich übersetzt heißt das ›ausgeboren‹.«

Fromme Stille erfüllt den Raum.

»Ich persönlich würde jedoch auf Deutsch dazu sagen: ›ausgebrannt‹.«

Trotz inzwischen auftretender Unruhe gründet er seine weiteren Ausführungen darauf, dass Jesus auch für uns ›ausgeboren‹ sei.

das kippenwunder von der körnerstraße

– Köln. U-Bahn Linie 4, Haltestelle Körnerstraße.

Später Abend. Zwei Stadtstreicher steigen in die Bahn ein, der eine mit einer Sporttasche, der andere mit einer arg zerdengelten Packung Zigaretten in der Hand. Offensichtlich sind sie beide stark angetrunken. Als die Bahn losfährt, fangen die beiden lautstark an zu diskutieren:

#1: »Ey, schau mal nach, wie viele Kippen sind in der Magnum?«
#2 (macht die Schachtel auf, schaut rein): »Zehn!«
#1: »Kann gar nicht sein, schau nochmal!«
#2 (schaut nochmal): »Neun!«
#1: »Du bist doch blöd! Das kann nicht sein, gib mal her!«

#2 gibt ihm die Schachtel.

#1 (zählt selbst nach, schaut verdutzt): »Neun!«
#2: »Sach ich doch!«
#1 (gibt ihm die Packung zurück): »Kann aber nicht sein!«
#2: »Doch, wir haben doch eben in der Kneipe noch welche geraucht!«
#1: »Quatsch, das sind nicht so wenige, in jeder Marlboro sind 17 Stück und das da ist 'ne Big Box! Schau doch mal da drauf!«
#2 (versteht ihn offensichtlich nicht, öffnet die Packung erneut und schaut nach): »Acht!«
#1: »Nee, gib mal her, zeig ich dir!«

#2 gibt ihm die Zigaretten. #1 dreht die Packung ein wenig in den Händen, schaut von außen drauf.

#1 (triumphierend): »Da steht's doch! 24 sind da drin!«
#2 (verdutzt): »Wie jetzt?«
#1 (zeigt mit dem Finger auf die außen aufgedruckte ›24‹): »Ja, steht doch da!«
#2 (erleichtert): »Dann is ja gut, dann reichen die ja doch noch für heute Abend!«

buchstäblich tabu

– München. In einer Hauptschule.

Während der Mittagsbetreuung. Drei Betreuer und einige Kinder (ca. elf–14) sitzen im Aufenthaltsraum und spielen Tabu. #1 muss den Begriff Stammbaum erklären.

#1: »Alder, also ... isch fick deine Generation ... isch fick dein ____!«
#2: »Isch fick dein Mudda!«
#1: »NEIN! ... Isch fick deine Ge-ne-ra-tion – isch fick dein ____!!?«
#2: »STAMMBAUM!«
#1: »KORREKT!!!«

bei diesen früchten bin ich leidenschaftslos

– München. Schwabing.

Im Rewe-Supermarkt im Parkstadtcenter. Ich stehe an der Kasse und möchte eine Passionsfrucht kaufen. Die Frau an der Kasse kann offensichtlich nicht allzu viel damit anfangen. Sie guckt auf die Frucht, hält sie dann hoch und dreht sich um, um ihre Kollegin um Rat zu fragen:

#1: »Ey! Was ist das denn für ein Obst?«
#2: »99 Cent!«

am dialog vorbeigesemmelt

– Oberursel. In einer Bäckerei.

Kundin: »Was kosten die Brötchen da?«
Verkäuferin: »Welche?«
Kundin: »Fünfzig Cent.«
Verkäuferin: »Die da?«

du bist wochenende

– Augsburg. Maximilianstraße.

Es ist Freitag. Ich bin gerade in der Mittagspause beim Bäcker, als zwei noch sehr verschlafen wirkende Studenten den Laden betreten. Der eine bestellt drei Brötchen und zwei ›Colakracher‹, die sie gemeinsam verschlingen. Als sie rausgehen, verabschieden sie sich von der Bäckerin.

#1: »Schönen Sonntag noch!«

Die Bäckerin guckt verdutzt.

#1: »Ähh … Samstag!«
#2: »Ich glaub heut ist Freitag!«

frauen, drogen, straßenbahn

– Bremen. In der Straßenbahn.

Es steigen einige fröhliche Jugendliche mit Bier in den Händen in die Bahn ein. Zudem zwei absonderliche Männer mit nackten Oberkörpern, die sofort das Gespräch mit den Teenies suchen. Schnack hin, schnack her, nuschel, nuschel. Der eine Mann erzählt sich selbst Geschichten und wendet sich plötzlich einem der Jugendlichen zu:

»Ja, ja … ihr habt die Frauen.«

(Pause)

»Ja, ja, ihr habt die Frauen.«

Lange Pause. Dann, wie aus dem Nichts:

»Aber wir! Wir haben den Stoff!«

Sein Kumpel (klagend): »Dass du immer alles raushauen musst! Hättest du einfach die Klappe gehalten, hätte das keiner gemerkt.«

scheißegal, aber du kommst hier nicht rein

– Frankfurt am Main. S-Bahnhof Stadion.

In der Commerzbank-Arena findet eine Großveranstaltung statt. Da kein Bundesliga-Spieltag ist, frage ich zwei umherstehende Securities nach dem Grund der Veranstaltung. Fünf Meter weiter stehen zwei Polizisten.

Ich zu Security #1: »Entschuldigen Sie bitte, was ist denn da heute für eine Veranstaltung?«
Security #1: »Keine Ahnung … (zu Security #2) EY!!! Was ist denn da heute?«
Security #2: »Weiß nicht. (zu Polizist) Was'n heut?«
Polizist: »Samstag!«

es pflegt sie: der falsche umgang

– Karlsruhe. Bei einem Pflegedienst.

Eine alte Dame im Wortgefecht mit ihrem Pfleger.

Sie: »Du Schwein!«
Er: »Ach, sind wir denn jetzt schon per Du?«
Sie: »Was? Per Du? Das verbitte ich mir!«

her mit dem hot stuff!

– Posen (Polen). Auf einer Maschinenbau-Messe.

Ein älterer Herr kommt an den Messestand, schaut sich interessiert um, wendet sich dann an einen der Standbetreuer und fragt in sehr schlechtem Deutsch:

»Hast du Tieten? Hast du Miezen?«

Ungläubiges Staunen aufseiten des Angesprochenen. Schließlich ist es eine technische Messe. Aber freundlich wie man ist, fragt man nochmal nach. Man könnte sich ja verhört haben.

Älterer Herr erneut: »Hast du Tieten? Hast du Miezen?«

Erneute Ratlosigkeit. Schließlich zeigt der Herr wort- und vor allem gestenreich auf die Werbegeschenke, die im Stand ausliegen. Endlich wird klar, was er möchte: Tüten (Plastikbeutel) und Mützen (Baseballcaps).

im ausverkauf stecken geblieben

– Augsburg. Bei H&M in der Damenumkleide.

Frau in der Kabine nebenan:

»AAARGH!!! Ich krieg mein Arsch nimme raus!«

me, myself and i

– Bremen. Straßenbahn Linie 3.

In der ansonsten leeren Bahn sitzt nur noch ein Mann, scheinbar in sich versunken. Er niest.

Mann (zu sich selbst): »Gesundheit!«

(Pause)

Mann: »Danke!«

kamellensturm, konfettikanonen und bonbonbomben

– Köln. Rudolfplatz.

Altweiberfasching. Eine übergewichtige Prinzessin steht volltrunken, mit schiefem Diadem, völlig verdreckten Stiefeln und zerstörtem Make-up an einer roten Ampel und beäugt misstrauisch und depressiv das jäcke Treiben der Kölner gegen halb drei in der Nacht.

Prinzessin (zu sich selbst): »Kein Wunder, dass wir den Krieg verloren haben!«

kummer wegen nummer

– Köln. In einem Büro.

Nach der Mittagspause höre ich routinemäßig meinen Anrufbeantworter ab. Folgende Mitteilung eines mir bis dato völlig unbekannten Anrufers ist zu hören:

»Guten Tag, meine Name ist Dien. Herr Eierschrad, bitte rufen Sie mich DRINGEND zurück unter der Rufnummer … äääh … null eins sieben null … äääh … neunzehn vierzig dreihundertfünf … äääh … Moment, nein, das ist die dreihundertvier … also nochmal … nulleinssiebennull und dann die neunzehn vierzehn … -zig, vierzig! Und dann die … das stimmt doch alles nicht. SCHEISSE! … ACH VERGESSEN SIE'S! (Legt auf)

unterirdisches gespräch

– München. Heimeranplatz, in der U-Bahn.

Früher Abend. Ein Mann in Anzug steht in der U-Bahn, offensichtlich auf dem Nachhauseweg vom Büro. Kurz bevor die Türen schließen, drängt sich ein weiterer Mann in das Abteil. Er scheint den ersten Mann zu kennen. Beide nicken sich erkennend zu, stehen direkt nebeneinander. Eine unangenehm lange Pause entsteht. Schließlich:

Anzugmann (interessiert): »Und?«
Mann #2: »Nichts und!«
Anzugmann (verwundert): »Das ist ja auch eine Aussage.«

Schweigen für den Rest der Fahrt.

zu viel möpse im kopf

– Velbert. Tierfuttergeschäft Fressnapf.

Ein älteres Ehepaar vor mir an der Kasse.

Mann: »Ich hab eine Hundeleine bei Ihnen gekauft, die ist jetzt kaputt.«
Verkäuferin: »Wie alt ist die Leine denn?«
Mann: »Mops, ca. sechs Kilo schwer, da kann die Leine doch nicht so schnell kaputtgehen!?«
Verkäuferin: »Ich meinte eigentlich, wie lange Sie die Leine schon haben?«
Mann (überlegt): »Ähhhh … ca. acht Meter.«
Verkäuferin: »Äh, wann haben Sie die Leine gekauft?«

Der Mann dreht sich verwirrt zu seiner Frau. Es verstreichen fünf Sekunden.

Frau: »Ja, ich glaub auch acht Meter!«

es geschah am helllichten tag

– Uelzen. Veerßer Straße.

Zwei ältere Damen flanieren durch die Innenstadt. Vor dem Einrichtungsgeschäft ›Schöne Dinge‹ bleiben sie stehen. Eine der Damen deutet auf etwas und spricht dabei zu ihrer Begleitung:

»Das. Das ist das. Ist das, das …? Was ist das?!?«

ob er den geburtstag seiner frau kennt?

– Plauen.

Zwei Bauarbeiter unterhalten sich an einer Imbissbude im breitesten Vogtländisch.

#1: »Mei Schef kommt morschen wiedor vorbei. Die alde reische Schwabnsau!«
#2: »Is der ah so geizisch wie alle Schwabn?«
#1: »Nu klor! An seim Geburdsdooch wor der hier mit seim Benz, der hat nisch mal'n Kasten Bier ausgebn!«
#2: »Red kein Mist!«
#1: »Klor! Isch wees des noch ganz genau, weil des wor am dreiundzwanzischtsten April ... drei Tage nach'm Adolf sein Geburdsdooch!«
#2: »Scheiß Schwabn!«

ob er es überlebt hat?

– Dresden. Ufa-Kino.

Ein alter Mann an der Kinokasse:

»Einmal ›Stirb langsam‹ für Rentner bitte!«

petra pan

– Augsburg. Universität, Alte Cafeteria.

Zwei Mädels unterhalten sich neben mir am Tisch über die Dinge des Lebens.

#1: »Ich hab da einfach keine Lust mehr drauf. Diese ganze Profilierungsscheiße, immer besser als die andern sein zu müssen … Ich will wieder'n Kind sein!«

(auf einmal schluchzend)

»Ich will 'nen Hund!«

rede nicht mit fremden, mein junge!

– München. Im Michaelibad.

An einem sonnigen Sommertag im Freibad. Eine Lautsprecherdurchsage schallt durch das Gelände:

»Achtung, Achtung! Eine Durchsage: Bei uns an der Information ist ein kleiner Junge von ungefähr drei Jahren; er heißt … (Pause) … wissen wir nicht und ist bekleidet mit … (noch längere Pause) … NICHTS – dieser Junge sucht seine Eltern. Sollten Sie sich angesprochen fühlen, oder einfach nur ein nacktes Kind vermissen, melden Sie sich bei der Information.«

snoop doggy dackel

– Leipzig. In der Fußgängerzone.

Ein Junge und ein Mädchen um die 18 unterhalten sich.

Sie: »Ey, mein Ex dreht so hohl, seitdem er seine neue Ische hat.«
Er: »Warum?«
Sie: »Der macht jetzt dermaßen einen auf cool. Der hat sogar seinen Hund umbenannt, nur um der Tussi zu imponieren. Snoop Doggy Dog! Das musst du dir mal geben. Der nennt seinen Hund in Snoop Doggy Dog um wegen so 'ner Schlampe.«
Er: »Wie hieß der Köter denn vorher?«
Sie: »Willi! Ich mein, der Hund ist schon zehn oder so! Der muss doch auch mal an das Tier denken, der Hund kriegt doch 'nen Schaden. Und ich mein, der Dackel sieht echt nicht aus wie'n Rapper!«

strange vibrations

– Augsburg. Prinz-Karl-Viertel.

Abends. Mein Kumpel hängt total bekifft auf dem Sofa herum. Vor ihm auf dem Tisch klingelt sein Handy.

Bekiffter Kumpel (panisch): »Scheiße, irgendwas macht was!«

surreales lautsprechergeflüster

– Berlin. Flughafen Tegel.

Ich warte auf meinen Flug nach Bayern.

Durchsage 1: »Der Besitzer einer goldenen Kiste möge sich bitte zur Information begeben!«

Die Durchsage wird zweimal wiederholt.

(kurze Pause)

Durchsage 2: »Die Dame, die gerade beim Frisör war, möge sich bitte wieder bei Selbigem melden!«

Die Durchsage wird zweimal wiederholt.

(kurze Pause)

Durchsage 3: »Der Besitzer der goldenen Kiste möge sich bitte zur Information begeben! Es wurde jetzt ein passender goldener Schlüssel gefunden.«

(Pause)

Durchsage 4: »Die Dame, die vorhin schon beim Frisör war, möge bitte NOCH EINMAL zurückkommen!«

da lacht der ganze hof und du bist doof

– Mannheim. In einer Straßenbahn.

Nachmittags, viele Senioren. Ganz hinten sitzen ein paar Halbstarke und sind ziemlich laut. Die anderen Fahrgäste pikiert, genervt. Vorne steigt eine Frau (ca. 35) ein, unscheinbar. Sie ist geistig behindert.

Plötzlich schreit der eine Halbstarke den anderen an, so dass die ganze Straßenbahn zusammenzuckt:

»Ey, du Wichser!«

Von vorne schallt es zurück, melodisch:

»Selber, selber, da lachen ja die Kälber!«

vom thema abgetrieben

– München. Hauptbahnhof.

Im U-Bahn-Untergeschoss. Ein Pärchen, beide etwa 17. Er in aggressivem Ton zu ihr:

»Ey, eins sag ich dir: Wenn du schwanger wirst und du treibst mein Kind ab, dann treib ich dich ab … Hey! Was is das denn für ein krasser Hund da vorne! So einen hatte ich auch mal!«

warum nicht mal 'ne schnitte?

– Cottbus.

Während meines Zivildienstes bei ›Essen auf Rädern‹. In unserem Programm stehen zwei Speisen zur Auswahl. Einmal die Woche wird den Pflegebedürftigen der Speiseplan vorgelesen, damit sie auswählen können, welche Gerichte sie wünschen.

Zivikollege: »Am Montag gibt es Milchreis oder Fischschnitte. Was möchten Sie?«
Oma (überlegt etwas länger): »Ich nehme die Milchschnitte!«
Woraufhin ich und mein Kollege spontan loslachen müssen. Daraufhin guckt uns die Frau empört an.

Oma: »Aha! Die jungen Herren sind wohl etwas betrunken!«

wenn flipper keinen bock mehr hat

– Dresden. In einer Straßenbahn.

Zwei Mädels um die zwanzig, die eine mit einer Greenpeace-Broschüre, unterhalten sich über den Niedergang der Ökosphäre.

#1: »Hier steht, dass seit einigen Jahren immer mehr Delfine Selbstmord begehen. Kollektiven Selbstmord!«
#2: »Krass!«

(Pause)

#2: »Ist das jetzt gut oder schlecht?«

die zehn-euro-toilette

– Seelze. In einer Arztpraxis.

An der Anmeldung steht ein älterer Herr und spricht mit der Arzthelferin.

Sie: »So, Herr Doblenski, Sie können nun nach Hause gehen.«
Er: »Ne, ne, vorher geh ich nochmal kacken.«

gottseidank hatte sie eine dicke pelle

– München. In einem Supermarkt.

Eine Mitarbeiterin ist damit beschäftigt, ein Kühlregal mit Wurstwaren aufzufüllen. Eine Kundin kommt dazu.

Kundin: »Entschuldigung, sind Sie die Wurst?«

neues fürs job-center

– Düren.

Während der Schulpause in einem der Schule nahe gelegenen Supermarkt. Bevor wir den Eingang passieren, schnappe ich die Worte eines gerade herausgehenden Schülers auf, der sich mit seinem Freund unterhält.

Schüler: »Mir ist eh alles egal,
ich werd sowieso Pokémon-Trainer!«

DEUTSCHLAND 2.0 – „ICH WERD SOWIESO POKÉMON-TRAINER!"

Mal ehrlich. Kommen Sie nicht mehr mit? Verstehen Sie Ihre eigenen Enkel nicht mehr? Verstehen Sie Ihre eigenen Kinder nicht mehr? Verstehen sich Ihre Kinder gegenseitig nicht mehr? Keine Angst. Das zeigt nur, dass Sie schon angekommen sind. Willkommen in Deutschland 2.0, dem Land der unbegrenzten Möglichkeiten! Arbeitslosigkeit und Bildungsprobleme? Vergangenheit! Hier jobbt man einfach als Pokémon-Trainer oder kämpft ehrenamtlich für die Zerstörung von Tokio Hotel. Sie sind eine neue Spezies, diese Bewohner von Deutschland 2.0. Sie pfeifen auf Grammatik und ekeln sich vor Büchern. Man muss sie einfach lieben, die original realen modernen Bauern, die gechillten Emo-Oi-Punks und die gruschelnden Ipod-Skater. Vorhang auf für Deutschland 2.0, Deutschland, wie es wirklich spricht!

lesen ist gewesen

– Bremen. Einkaufszentrum Waterfront.

Vor einem Buchladen stehen zwei Mädchen um die 16.

#1: »Wollen wir mal reingehen?«
#2: »In den Buchladen? Ich bin doch nicht bekloppt … Nachher sieht mich da noch einer!«

emo war einmal, oi is noi!

– München-Laim.

Zwei aufgestylte 16-jährige Mädels in der S-Bahn.

#1: »Ich hab krasse News! Ich hab ja immer gedacht, der Tim wär voll Emo, und weißte was?«
#2: »Was?«
#1: »Der is gar nicht Emo!«
#2: »Echt? Was'n der dann?«
#1: »Der is voll Oi!«
#2: »Echt? Woher weißte denn das?«
#1: »Hat der Chris gesagt … der is ja auch krass Oi.«
#2: »Krass! … Was is denn 'n Oi eigentlich?«
#1: »Keine Ahnung. Irgendwas wie Emo. So schwules Michael-Jackson-Zeug halt.«

mit schminkkoffer zum spargelstechen

– Dortmund. Innenstadt.

Zwei aufgestylte Tussen unterhalten sich.

#1: »Ey, du Bauer!«
#2: »Was Bauer?«
#1: »Ey, wir sind voll die Bauern!«
#2: »Häh?«
#1: »Wir sind voll die Bauern!«
#2: »Aber nur moderne Bauern!«
#1: »Ja.«
#2: »Weil normale Bauern sind so … langweilig.«
#1: »Jo, wir sind dann moderne Bauern.«

eine abtreibung to go, bitte!

– Göppingen. Bleichstraße.

Eine junge Frau um die zwanzig läuft durch die Fußgängerzone, vertieft in ein Handygespräch. Ich bekomme nur diesen einen Satzfetzen mit:

»Ja, danke, zweiter Monat. Aber ich treib wahrscheinlich eh wieder ab.«

bier ist tot, es lebe das bier!

– Zwischen Nürnberg und Crailsheim. Im Zug.

Samstagnachmittag. Fünf männliche Teenies sitzen im Abteil.

#1: »Wann treffen wir uns bei Kevin? Soll ich zwei Kästen Bier kaufen?«
#2: »Boah, schon wieder? Ich trink heute nix!«

Allgemein wird kundgetan, dass man heute nix trinken wolle. Der Abend zuvor war wohl sehr feuchtfröhlich.

#1: »Dann kauf ich einen!«

der klugere gibt nach

– Bremen. An einer Straßenbahnhaltestelle.

Ein etwa 14 Jahre altes Mädchen wartet mit ihrem türkischen Freund auf die Bahn.

Er: »Oh Alter, mir ist voll kalt!«
Sie: »Jo, du musst dich halt mal warmer anziehen, dann frierste auch nicht immer so!!«
Er: »›Warmer‹? Ich denk, das heißt ›wärmer‹?«
Sie: »Ach Quatsch, wieso denn ›wärmer‹? ›Warm‹ schreibt man doch mit ›a‹ und dann heißt es auch ›warmer‹. Wieso sollte man das denn mit ›e‹ schreiben?«
Er (äußerst skeptisch): »Naja, du bist die Deutsche …«
Sie: »Eben!«

der beste freund des menschen …

– München. Leonrodplatz, in der Straßenbahn.

Tussi um die 25 für alle hörbar am Handy. Anscheinend geht es um die schmerzliche Trennung von ihrem Freund:

Tussi: »Nee, lief ganz gut. Ich krieg den iPod, er behält den Hund.«

(Pause)

»Schon! Ist fair, oder? Ich mein, mal im Ernst: Was will ich denn mit dem Vieh?«

(Pause)

»Nee, das is schon ein neuer iPod. Zehn Gigahertz oder so.«

joystick und hut, steh'n ihm gut

– Stuttgart. In der U-Bahn.

Zwei coole Jungs (um die 18) unterhalten sich. Der eine zieht seine Mütze vom Kopf und sagt in sich versunken:

»Mann, an dich Mütze hab ich so viele Erinnerungen …«

Er wendet sich erklärend zu seinem Kollegen:

»Mit der hab ich meine ganzen X-Box-Spiele durchgespielt!«

der beweis: web 2.0 zerstört beziehungen

– München. In der Uni-Mensa.

Zwei Mädchen um die zwanzig setzen sich neben mich. Das erste Mädchen sieht aus, als hätte sie die letzten fünf Jahre geweint, das andere scheint guter Dinge zu sein.

#1 (verheult): » … weil mein Freund gestern mit mir Schluss gemacht hat.«
#2 (mehr sensationsgeil als verständnisvoll): »Waaas? Warum das denn?«
#1: »Weil ich meinen Exfreund gegruschelt hab.«
#2 (exaltiert): »Kraaaaasssss! Wie hat er das denn rausgekriegt?«
#1: »Ich bin doch immer an seinem Laptop … (fast hysterisch). Der muss das irgendwie gesehen haben!«
#2: »Booaah! Das kannste aber auch nicht bringen!«
#1: »Was? Gruscheln?«
#2: »Ey, wenn meiner seine Ex gruscheln würde, dann würd ich der die Augen ausstechen, und mit ihm sonst was machen.«
#1 (fängt an zu schluchzen und meint ganz leise): »Aber ich wollte doch nur mal ›Hallo‹ sagen.«

die höflichkeitsform ist dem verb sein tod

– Berlin. Im McDonald's.

Sie: »Kann ich mal die Cola?«
Er: »Da fehlt ein Verb!«
Sie (leicht genervt): »BITTE!«

die zombies sind los!

– Kiel. Im Bus.

Eine alte Dame steigt an der Haltestelle ›Südfriedhof‹ in den voll besetzten Bus ein. Sie entdeckt neben einem jugendlichen Hip-Hopper noch einen freien Platz. Dabei entsteht folgender Dialog.

Oma (krätzig): »Nehm mal deine Tasche da weg, ich will sitzen!«
Hip-Hopper: »Ey Mann, was fällt dir ein? Bischt du vom Friedhof geflohen? Altes Zombie, ey!«
Oma: »Nein, ich will nur zurück ins Altersheim. Die suchen mich schon.«

einstimmig: ratschlag des monats!

– Bitterfeld.

Nach dem Kampfkunsttraining überhöre ich auf dem Nachhauseweg folgende Unterhaltung zwischen zwei absoluten Checkern:

#1: »Ey Alder, warum gehs du McFit! Sind doch voll die Spasseln da!«
#2: »Ey jo, kein Bock so Zuhause abzuhängen. Voll langweilig. Was soll ich sonst tun?«
#1: »Ey, CHILLEN, Alder!«

geh wieder traktorfahren, sokrates!

– Köln-Sülz.

Zwei türkische Jungen (ca. 13) sitzen in der Bahnlinie 9 und unterhalten sich angeregt über das Playstation-Prügelspiel ›Tekken‹.

#1: »Alder, da musst du erst X drücken und dann ganz schnell Kreis, dann macht der voll krasse Moves!«
#2: »Alder! Weiß gar nicht, dass der Kämpfer das kann!«
#1: »Du weißt ja auch nix, Alder!«
#2: »Ich weiß, dass ich nichts weiß.«
#1: »Alder, hör auf mit so scheiß Bauernregel, ey!«

generation gagaspace

– Regensburg. GameStop in den Arcaden.

Zwei kleine, höchstens zwölfjährige Jungs stehen schon seit einiger Zeit vor einem Fernseher in einem Videospielegeschäft. Es läuft ein Trailer von ›Stranglehold‹, einem blutigen Shooter:

#1: »Boah, voll geil, ist das echtes Blut?«
#2: »Klar Mann, sonst wär das Spiel ja nicht ab 18!«

gespräche, die die welt nicht braucht

– Karlsruhe. In der Bäckerei Kamps am Kronenplatz.

Ich betrete am Morgen die Bäckerei und es ereignet sich vor mir folgendes Gespräch zwischen einer Kundin und der Verkäuferin.

Kundin: »Ein Kaffee to go bitte.«
Verkäuferin: »Zum Hiertrinken oder zum Mitnehmen?«

Nach knapp zehn Sekunden überlegen.

Kundin: »Zum Mitnehmen.«

hätte er sie bloß nicht angerufen

– Magdeburg. In der Stadtbahn 6 nach Herrenkrug.

Man sitzt gemütlich in der Bahn. Plötzlich ertönt ein Handyklingelton, irgendwann nimmt ein Mädel Marke Barbie-Püppchen ab. Man hört eine männliche Stimme, dann unterbricht das Mädel den Anrufer:

»Hey, du bist's. Wenn du mich das nächste Mal anrufst – ruf mein anderes Handy an! Bei dem hier nervt mich der Klingelton so!«

hoffentlich färbt nichts ab

– Hamburg. Im Bus 124 Richtung Bergedorf.

Zwischen zwei Mädchen kommt es zu folgendem Dialog:

#1: » … und dann ist mir aufgefallen, dass der voll scheiße ist.«
#2: »Ey, du bist gar nicht so blond, als wie ich dachte.«
#1: »Nee, sind nur Strähnchen.«

ich bin massenkompatibel

– Zwischen Euskirchen und Bad Münstereifel. Im Bus der Linie 801.

Ein Mädel um die 18 telefoniert die ganze Zeit mit einer Freundin. Kurz vor Bad Münstereifel kommen sie auf einen Typen zu sprechen, mit dem besagte Handynutzerin wohl ihre persönlichen Differenzen hat.

Mädel: » … und den Typen kannste echt in keine Schublade stecken. Ich mein, dich sieht man und weiß: Hip-Hopper. Aber bei dem?! Und nun rate mal, was mir lieber is?«

(Pause)

»Genau! Leute, die man nicht in Schubladen stecken kann, sind voll nervtötend.«

ich wollt, ich wär ein huhn

– Köln. Im Burger King.

Kunde: »Ich hätte gern so einen Salat mit Hühnchen.«

Das Mädel hinter dem Tresen schaut lächelnd zuerst den Kunden, dann die Anzeigetafel mit den Menüs an und sagt dann freundlich:

»Salat mit Hühnchen haben wir nicht, nur Scampi und Chicken!«

lebensweisheit aus dem block

– Leopoldstal. Am Bahnhof.

Zwei Jungen mit lauter Handymusik (deutscher Hip-Hop) reden deutlich hörbar miteinander. Der eine gibt dem anderen Tipps zur Bewerbung auf einen Praktikumsplatz.

#1: »Ey, und wenn der dich fragt, wieso du grade jetzt ein Praktikum machen willst, sagst du einfach, dein alter Betrieb hätte Pleite gemacht.«
 # 2: »Ja, und was wenn der fragt, welcher Betrieb?«
 # 1: »Ach, das fragt der eh nicht. Wenn du das Feuer nicht anfasst, weißt du auch nicht, dass es heiß ist.«

In dem Moment macht er das Handy lauter und fügt hinzu: »Siehst du, sagt SIDO auch!«

magic ipod

– Kassel. Im ICE von Hamburg nach Stuttgart.

In Kassel steigt eine ältere Dame (ca. achtzig) in den Zug ein und fragt, ob der Platz neben mir frei sei. Ich ziehe meine Kopfhörer aus den Ohren, stehe auf und stemme den Koffer der Dame ins Gepäckfach. Währenddessen dudelt mein iPod weiter. Man kann die Musik hören.

Als wir dann sitzen und ich die Kopfhörer wieder in die Ohren stöpseln will, schaut mich die Dame erstaunt an und fragt:

»Was ist denn das für eine Musik? Das klingt gar nicht wie bei den jungen Leuten.«
Ich: »Oh, das ist die zweite Sinfonie von Schumann, mein Lieblingsstück.«
Dame (deutet erstaunt auf den iPod): »So was geht mit diesen Dingern auch?«

im jahre 15 nach nokia

– Bautzen. In einer Schule, zwölfte Klasse.

Lehrer: »Wie viele Monate hat ein Jahr?«
Schülerin #1: »24!«
Schülerin #2: »Neun!«

Lehrer schaut verwirrt drein.

Schülerin #1: »Oh, Mist, ich hab an Handyverträge gedacht.«
Schülerin #2: »Und ich an Schwangerschaften.«

neuland buchladen

– Worms. Buchhandlung Thalia.

Zwei Checker, die offensichtlich das erste Mal einen Buchladen von innen sehen, kommen an die Information.

Checker #1: »Wir brauchen das Buch XY.«
Buchhändler (schaut im PC): »Das haben wir leider nicht da, das müsste ich bestellen.«
Checker #2: »Wie bestellen?«
Buchhändler (amüsiert, aber geduldig): »Ich kann das für euch bestellen, dann könnt ihr es hier abholen wenn es angekommen ist.«
Checker #1: »Krass! Ja machense das!«
Buchhändler: »Auf welchen Namen?«

Checker #2 wiederholt den Namen des Autors.

Buchhändler: »Nein, dein Name!«

Checker #2 sagt seinen Namen.

Buchhändler: »Okay, das ist dann übermorgen da.«
Checker #1: »Ey scheiße Mann, übermorgen kann ich nicht.«
Buchhändler: »Das ist kein Problem, das legen wir hier drei Wochen lang zurück.«
Checker #2: »Ja, und wenn das jemand kauft? Dann müssen wir wieder eins bestellen!«
Buchhändler: »Nein, das ist ja dann für euch reserviert.«
Checker #1: »Okay!«

off-bäck-brezel?

– Ruppertsweiler bei Pirmasens.

Nach dem Einkauf, beim Auspacken der Lebensmittel. Ich räume eine Packung Aufbackbrezeln heraus, auf denen ›Pack mich … Back mich‹ steht. Meine 83-jährige Oma betrachtet ausgiebig und verärgert die Verpackung:

»Scheiß Englisch, immer alles in Englisch!!! PÄCK MITSCH … BÄCK MITSCH. Können die das nicht mehr in Deutsch schreiben, oder wie?«

pin-up-girls im alten rom?

– Berlin. In der S-Bahn Richtung Spandau.

Zwei Teenie-Mädchen lösen ein Kreuzworträtsel in der Bahn. Zumindest versuchen sie es.

#1: »Boah, is das dumm. Lateinisch für ›du‹ … französisch für ›und‹ … nur so Scheißfragen … ah, hier is was: ›Antike Wandverzierung‹ …«
#2: »Poster!«
#1: »Ey stimmt, dit passt.«
#2: »Na? Bin isch doch nicht so ʻne behinderte Schlampe wie Jens sagt!«

pro 7 klärt auf

– Mannheim. Q7, Straßenbahnhaltestelle.

Zwei Typen unterhalten sich.

#1: »Ey, mein Pulli is schon wieder kaputt, hab ich erst vor zwei Wochen gekauft … Scheiß H&M.«
#2: »Alder, H&M nimmt immer nur Wolle von so behinderten Schafen, weißt du?«
#1: »Escht, Alder?«
#2: »Ja, so voll die Mongo-Schafe … hab ich neulich bei Galileo gesehn.«

rhetorisch fragwürdig

– Sigmaringen. In der Schule.

Deutschunterricht. Ein Gespräch über stilistische Mittel – Abiturvorbereitung.

Lehrer: »Kann mir mal jemand ein Beispiel für eine rhetorische Frage nennen?«
Schülerin: »Du hast in die Ecke gepinkelt!«

sinnvolle geldanlage?!

– Bremen. Obernstraße.

Beim Spaziergang durch die Bremer Innenstadt bemerke ich zwei an einer Hauswand sitzende Punks, die Passanten nach 'nem Euro fragen.

#1: » … haben Sie mal 'nen Glückscent für uns?«
#2: »Für die Zerstörung von Tokio Hotel!«

sprichwort[2]

– Hamburg. In der S-Bahn.

Zwei prollige Jugendliche unterhalten sich in der Bahn lautstark über ein Mädchen.

Jugendlicher #1: »Ey, Alder, die war schon immer ein Buch mit sieben Siegeln. Aber jetzt hat sich das verdoppelt. Vierzehn Siegel! Mindestens!!«

wenn das der gottfried keller wüsste …

– Essen. In der Schule.

Schüler #1: »Was is denn jetzt 'ne Novelle??«
Schüler #2: »Maaah, so was wie 'ne Telenovela …«
Mitschülerin (begeistert): »Verliebt in Berlin!«

leeres leben ohne bohlen?

– Dortmund. In einer Schule.

Unterhaltung zwischen Schülern über das Neueste bei irgendeiner Castingshow.

#1: »Boah, die is so bescheuert, haste das gesehen?«
#2: »Nee, ich kuck kein Fernsehen.«
#1: »Echt? Is ja krank! Was machste denn dann den ganzen Tag?«

natürlich pink

– Augsburg-Göggingen. In der Straßenbahn.

Zwei Mädels (ca. 13) sitzen neben mir in der Tram. Die eine hat knallpinke Haare.

Pink: »Also, irgendwie hätt ich schon gerne mal wieder 'ne neue Farbe. Was meinst du?«
Freundin: »Hm ja … Hey, ich glaub schwarze Haare würden dir echt gut stehen.«
Pink: »Schwarz??? Nee, das würden meine Eltern niemals erlauben!«

original unreal

– Stuttgart.

Neulich auf dem Balkon, kommen zwei Checker (ca. 15) um die Ecke.

#1: »Ey Alter, ich schwör! He, der Ali Alter geht mir voll aufn Sack.«
#2: »Echt Alter, mir auch, ich schwör.«
#1: »Weißt du, der Ali, der denkt immer so, er wär voll real, dabei ist der voll unoriginal, Alter.«

your english is a crime

– Köln. In der Bahn.

Zwei Skateboarder (ca. 15) unterhalten sich.

#1: »Kennst du die T-Shirts wo drauf steht ›Skating is not a crime‹? Die finde ich voll cool.«
#2: »Wie? Skaten ist keine Wahrheit?«
#1: »Wieso Wahrheit?«
#2: »›Crime‹ heißt doch Wahrheit.«
#1: »Nee.«
#2: »Was heißt ›crime‹ denn dann?«
#1: »Boah, keine Ahnung, wie man das auf Deutsch nennt.«

fett zu sein bedarf es wenig

– Essen. In der Straßenbahn 105 zwischen Altendorf und Borbeck.

Zwei ca. 14-jährige Mädchen unterhalten sich.

#1: » … booah, voll krass!«
#2 (in ernsthaftem Ton und mit erhobenem Zeigefinger): »Voll krass is jetzt voll out. Voll fett ist jetzt voll in!«

grammatikalisch gestorben

– Wiesbaden. In einem Geschäft.

Zwei türkische Jugendliche unterhalten sich über einen Bekannten, den sie offensichtlich nicht wirklich gut leiden können.

Sie: »Ey, kennst du den Ali?«
Er: »Ja, kenn ich.«
Sie: »Wie findest du den?«
Er: »Ey, der Typ is soo blöd!!! Dumm geboren, dumm gelebt, dumm GESTERBT!«

Der Blick in Nachbars Garten ist seit jeher reizvoll. Ist doch der direkte Nebenmann die Messlatte der eigenen Befindlichkeit. Wenn in Wien also das Sonderkommando Hitler sein Unwesen treibt, in Zürich der Toilettengang zur erotischen Entdeckungsreise wird oder in Liechtenstein Sozialismus bereits an den Wurzeln bekämpft wird, zeigt uns das vor allem eines: Auch in Nachbars Äpfeln ist so mancher Wurm zu finden. Oder was würden Sie machen, an einem Samstagabend in Schwamendingen? Und dass Humor keine deutsche Erfindung ist, wussten wir doch schon lange. Ein kleiner Ausflug in unsere benachbarten Alpenrepubliken hört sich da doch wirklich vielversprechend an.

ÖSTERREICH UND SCHWEIZ – „PIEFKE-PARTIES ENDEN BÖS"

kein anschluss unter dieser nummer

– Wien. Fan-Meile.

Während der EM 2008. Gerade hat die deutsche Nationalelf ihr Gruppenspiel gegen Gastgeber Österreich gewonnen. Auf der Fan-Meile liegen Freud und Leid nahe beieinander. Vor uns jubelt ein ausgelassenes Grüppchen deutscher Fans, ausgerüstet mit Fahnen, Schals und anderen Accessoires. Direkt neben uns stehen zwei Fans des österreichischen Teams und schauen betröppelt zu. Einer der jubelnden Deutschen löst sich aus dem tanzenden Pulk und steuert die Österreicher an.

Deutscher: »Hey, kommt schon, macht doch einfach mit!«

Keine Reaktion aufseiten der Österreicher. Ein paar Sekunden vergehen. Der Deutsche noch einmal:

»Jetzt kommt halt, Paaaaarty!«

Österreicher #1 (zu seinem Nebenmann): »Ah gö, angschloss'n ham ma uns da schon amol … dös war a nix.«
Österreicher #2: »Ja, Piefke-Parties enden bös.«

mccarthy-pädagogik im steuerparadies

– Liechtenstein. In einer Schule.

Ein Schüler hat nicht das beste Verhältnis zu seinem Lehrer und darf daher auf einem ›Ehrenplatz‹ direkt neben dem Pult des Lehrers sitzen. Der Schüler trägt ein T-Shirt, auf dem der Kopf von Che Guevara abgedruckt ist. Mitten in der Unterrichtsstunde knüllt der Lehrer ein Stück Papier zusammen, schmeißt es auf den Boden und sagt zu dem Schüler:

»Nimm auf, du Kommunistenschwein!«

schwermut in schwamendingen

– Schwamendingen. An einer Tankstelle.

Samstagabend beim Bierholen in der Tanke. Ich steh an der Kasse in der Schlange, der Typ vor mir hat gerade bezahlt.

Typ vor mir (zur Kassiererin): »Danke und einen schönen Abend!«
Kassiererin: »Das wird kaum möglich sein.«
Ich: »Ach kommen Sie, man muss doch optimistisch bleiben!«
Kassiererin: »Aber nicht an einem Samstagabend in Schwamendingen.«

angst räumen flugzeug leer

– Zürich. Flughafen.

Um nach Italien zu fliegen, muss unser gesamtes Flugzeug umsteigen. Dabei passieren wir einen Metalldetektor. Nachdem es bei einem jungen Mann Mitte zwanzig gepiepst hat, holt ein Sicherheitsbeamter eine Schwimmweste von unserem alten Flugzeug aus dessen Hose hervor.

Sicherheitsbeamter: »Was bitte haben Sie denn mit der Schwimmweste vor? Sie wissen schon, dass das Diebstahl ist? Können Sie mir erklären, warum sie die Schwimmweste aus dem Flugzeug mitgenommen haben?«
Mann: »Also wissen Sie, ich habe panische Angst zu ertrinken.«
Sicherheitsbeamter: »Auf dem Festland?«
Mann: »Ja, Mann!«

wirf die krücke weg, baby!

– St. Gallen. Beim Open Air St. Gallen.

Ein Pärchen auf dem Weg zum Zelt. Ein besoffener Typ vom Zelt aus zu der Blondine:

»Ehhh, du hast'n Gehfehler!!«

Blondine (verwirrt): »Was hab ich?«
Typ: »Du hast'n Gehfehler, du gehst mit dem Falschen!«

comingout: ich bin ein streber!

– Linz. In einer Schule.

Ein Lehrer kommt in die Klasse und teilt uns mit, dass wir morgen die ersten zwei Stunden freihaben werden, weil ein Lehrer krank ist.

Schüler #1: »Wir haben aber zwei Lehrer gleichzeitig in dem Fach!«
Lehrer: »Ah so, dann habt ihr ganz normal Unterricht.«
Schüler #2 zu Schüler #1: »Es gibt viele Methoden, sich sehr schnell in seiner Klasse unbeliebt zu machen, und du hast gerade die effektivste gefunden!!«

dentale mobilmachung

– Innsbruck. Im Krankenhaus, Geriatrie.

Eine Krankenschwester bei der Altenpflege.

Schwester: »Geben Sie mir doch bitte auch Ihre unteren Zähne, damit ich sie putzen kann.«
Patient: »Das geht nicht.«
Schwester: »Wieso denn nicht?«
Patient: »Die sind in Afrika im Krieg.«

die alten von heute

– Zürich. In der Straßenbahnlinie 3, Haltestelle Kunsthaus.

Kurz nachdem die Tram losfährt, knallt ein weißer Plastiksack mit voller Wucht gegen die Scheibe der Fahrerkabine und gegen die erste Tür. Die Bahn hält mit einem Ruck nach kaum einem Meter Fahrt an, die vorderste Tür öffnet sich. Der Tütenschwinger, zum Erstaunen aller ein gebrechlicher, etwa achtzigjähriger Mann, erklimmt die zwei Stufen. Da steht auch schon der Fahrer vor ihm, drückt ihm den Zeigefinger ins Gesicht und schreit:

»Wenn Sie das noch einmal, NOCH EINMAL machen, dann sorge ich dafür, dass Sie nie mehr Bahn fahren dürfen. Sind Sie eigentlich nicht ganz richtig im Kopf?«

Der Alte, sichtlich überfordert, aber fuchsteufelswild, hält seinerseits den Zeigefinger empor und zetert in voller Lautstärke:

»Und Sie ... Sie ... Sie noch einmal ... Abfahren! Frechheit!«

Das Publikum starrt halb verblüfft, halb gespannt den beiden Duellierenden entgegen, die noch einige Freundlichkeiten austauschen. Schließlich zieht sich der Fahrer wutentbrannt in die Kabine zurück und knallt das Türchen hinter sich zu. Der Alte setzt sich völlig verstört, schnaubend und zitternd hin und die Bahn fährt endlich ab. Betretene, fassungslose Stille im Wagen. Da sagt ein etwa 16-Jähriger hinter mir für alle gut hörbar zu sich selbst:

»Tztztz ... Also zu meiner Zeit hat es so was nicht gegeben!«

die sitzen doch alle irgendwo im erdloch

– St. Gallen.

Die ganze Familie sitzt beim Abendessen zusammen. Diskussion über Saddam Husseins Hinrichtung, man kommt auf Bin Laden zu sprechen.

Tochter: »Hat man Bin Laden eigentlich jemals gefunden?«
Mutter: »Bisher nicht … leider.«
Bruder (neun): »Der ist schon mindestens so lange verschollen wie Hitler!«

harry potters ladestand

– Graz. In einem Kindergarten.

Junge: »Ich bin der größte Zauberer der Welt! Ich kann alles verzaubern!«
Erzieherin: »Ich wäre gern eine wunderschöne Prinzessin. Kriegst du das hin?«

Der Junge mustert erst die Erzieherin ausgiebig von oben bis unten und starrt dann sein Stöckchen an.

Junge: »Nein, das geht nicht. Dann ist die Batterie leer.«

jules verne beschleunigt

– Wien. In der U4.

Zwei Mädels (ca. 15) unterhalten sich über den Teilchenbeschleuniger im CERN.

#1: »Ja, ich hab gehört, den haben sie abgestellt, weil irgendwas kaputt ist.«
#2: »Ich hab noch nicht ganz verstanden, was der überhaupt soll. Die wollen damit zum Mittelpunkt der Erde oder was?«

zum sterben langweilig damals

– Linz. Im Elisabethinen-Krankenhaus.

Eine ältere Patientin erzählt von ihrem Tagesablauf. Nach wortreicher Schilderung fällt folgendes Statement:

»Früher, da war ich ja auch mal jung. Aber da war Krieg!«

(Pause)

»Da war auch überhaupt nichts los!«

adolfinchen gefangen im demenzbunker

– Wien. Josefstadt.

Es klopft am Fenster. Draußen stehen zwei Polizistinnen.

Polizistin #1: »Halten Sie in Ihrer Wohnung eine alte Dame gefangen?«
Bewohnerin: »Nein, nicht dass ich wüsste. Warum?«
Polizistin #2: »Wir wurden aus diesem Haus von einer Dame angerufen, die gefangen gehalten wird. Wissen Sie etwas darüber?«
Bewohnerin: »Nein. Darf ich fragen, wie die Dame geheißen hat?«
Polizistin #1 (leise): »Hitler.«
Bewohnerin: »Aha ... Aber im dritten Stock wohnt eine verwirrte alte Dame, die immer mal wieder ihren Schlüssel verlegt, die sollten Sie mal fragen.«
Polizistin #1: »Danke. Wir müssen aber trotzdem Ihre Personalien aufnehmen, da wir eine Geiselnahme nicht ausschließen können.«

kuss ins unbekannte

– Sargans. Auf einer Party.

Ein Sommerabend. Ich stehe draußen vor der Tür, es ist schon dunkel. Vor mir steht ein Pärchen, das schon seit geraumer Zeit heftig miteinander knutscht. Auf einmal holt der Junge sein Feuerzeug raus, zündet es an, sieht ihr ins Gesicht und fragt:

»He du, wer bist du eigentlich?«

live in heaven?!

– Zürich. An einem Ticketvorverkauf.

Kunde: »Ich möchte gerne diese Tickets für das James-Brown-Konzert zurückgeben.«
Ticketverkäuferin: »Das geht nicht, wir nehmen keine Tickets zurück.«
Kunde: »James Brown ist letzte Woche gestorben.«
Ticketverkäuferin: »Dann findet das Konzert also nicht statt?«

mach's mir einmal ohne

– Wien. An einer Würstelbude.

Mädel: »Bitte ein Mineralwasser ohne.«
Wurstmann: »Ja, ohne ist's am schönsten.«

minimalziel: klassenerhalt

– Bern. In einem Gymnasium.

Am Ende des Schuljahres bei der Zeugnisverteilung.

Lehrer: »Leider gibt es in dieser Klasse vier Schüler, die nur provisorisch versetzt werden, die also ein ungenügendes Zeugnis haben. Was machen wir denn da?«
Schüler: »Im Fußball muss da immer der Trainer dran glauben.«

irgendwann fallen die masken

– Zürich. Am Flughafen.

Flug mit Germanwings nach Köln-Bonn. Die Aufregung hat sich gelegt und die Gepäckfächer sind sicher verschlossen. Eine Stewardess schaut nach, ob auch alle den Sicherheitsgurt richtig geschlossen haben. Eine Durchsage vom Pilot:

»Guten Morgen und herzlich Willkommen, liebe Fluggäste, auf dem Germanwings Flug GE709 von Zürich-Flughafen nach Köln-Bonn, ich bin Ihr …«

Die üblichen Durchsagen, bei den Sicherheitsanweisungen zu den Druckmasken dann aber:

»Beim unwahrscheinlichen Fall eines Druckverlustes in der Kabine fallen automatisch die Atemmasken aus der Decke über Ihnen. Zur Verwendung ziehen Sie eine zu sich, drücken sie auf Mund und Nase und atmen ganz normal weiter. Helfen Sie erst dann Ihren Kindern oder Sitznachbarn. Haben Sie mehrere Kinder, helfen Sie zuerst dem Kind, das Sie lieber haben, dann dem anderen.«

taub im laub

– Mödling. Auf einem Wanderweg im Wald.

Ein spazierendes Pärchen vor uns wendet sich an ein entgegenkommendes Rentnerpaar.

Junge Frau: »Entschuldigen Sie, kommt man auf diesem Weg vorne links zum Naturpark oder sind wir schon an der Abzweigung vorbei?«
Rentnerin (schaut auf ihre Uhr): »Ja natürlich … Zwanzig Minuten vor vier!«

Junger Mann dreht sich grinsend zu uns um.

Junge Frau: »Äh, ja …«
Rentnerin: »Ja, schon fast dreiviertel!«
Junge Frau (grinsend): »Äh … Danke.«
Junger Mann (grinsend): »DANKE!«
Rentnerin (freundlich): »Genau!«
Rentner: »Bitte, gerne!«

vulkanologie für fortgeschrittene

– Mauthausen. Bei einem Frisör.

Kundin: »Ich hätte da gerne diese Haarpflegekollektion, na … wie hieß die denn noch … irgendwas mit Vulkanen.«
Frisörin (überzeugt): »So was gibt's hier ned!«
Kundin: »Ah. Ja, da ist es ja – MAGMA!«
Frisörin: »Ich hab Ihnen ja gleich gesagt, dass es nix mit Vulkanen zu tun hat!«

wahre liebe kann warten

– Laufen.

Dialog zwischen meinen Brüdern (vier und zwanzig).

Kleiner Bruder: »Du, darf ich die Kerstin heiraten?«
Großer Bruder: »Nein!«
Kleiner Bruder: »Warum nicht?«
Großer Bruder: »Weil das meine Freundin ist. Wenn du eine Freundin haben willst, musst du dir selbst eine suchen!«
Kleiner Bruder (überlegt kurz): »Aber wenn du tot bist, dann darf ich sie heiraten?!«

wir werden nie sex haben!

– Innsbruck. In einer Bahn.

Zwei Jungs (ca. zehn) unterhalten sich.

#1: »Wie findest du den Sexualkundeunterricht?«
#2: »Ach, ich weiß nicht, bis wir DAS brauchen, haben wir eh schon wieder vergessen wie's funktioniert!«

vollgepackt mit tollen Sachen

– Brenner. Bahnhof.

Grenzkontrolle im Zug nach Italien. Grenzkontrolleur beim Durchsuchen eines Koffers, der eine Menge Spirituosen zu enthalten scheint:

»Dös passd scho. Wer so viel säuft, kifft ned.«

der eichelspäher

– Zürich. In einer Disco.

In der Männertoilette. Zwei Typen neben mir beim Pinkeln. Der eine schielt ständig zu dem anderen rüber.

#*1:* »Darf ich dir ein Kompliment machen?«
#*2 (verdutzt):* »Äh … ja, von mir aus.«
#*1:* »Du hast echt ’ne wunderschöne Eichel.«

(Pause)

#*2 (noch verdutzter und kleinlaut):* »Danke.«

DIE BELAUSCHER

Joky Krisch Daniel Bryan Felix MoeMoe Stefan Steffen Dadoid Stefan Yohanna Anna Wolfgang pois Chris Ana Marc Jekob Dirk Alexander Konrad Tristan DrKananga Sam Karin Tim Dörte Nathalie Katrin olive Miriam sep Sarah Michael Ritti Gianpaolo Heike Bettina Karl Pete Harry Eva Nanni Nisi Kali Doby Till Maria Judith-chan Andi Speedy Kampfschwein DasHasi Freddy Mapache RichiO Jana Kopfsalat Marc Philip patient Martin Patrick biba Sarah LuCa caty Blaubärchen Axel Sebastian Tiffany Hannes Asrael Feli Thomas Anna Andreas Uwe Ina Marc Fuchs Paul Kirsten Florian Hans-Jürgen Elli Stefanie Rene Marion Caroline Huni Willy Vic Vegas Liham Ralf drivingnorth derBelauscher Thomas Kate KVBAboKundin Philipp Kati Roman derzugfahrer spaziergänger Melanie vergissmeinnicht DocSnyder Bine katha HOA Anna ck KingCrunch Caroline Merle Andreas Bandita Stefan Bernd FNG Hamburger manchmalarmdran David Hans Mel maxi AXL Nadine Nico Max Peter Katja steven Wuscheline rico Lebeouf Niggo Adolar nelly_pappkarton Carolin Thomas MissBehave Olli Tommes mama Karin Marvin Julchen Manuel Simone Stiefel Christian Henni Hildy Leela Fahrgast Acuaria Onan Hermione Judith Lennart Mario ulla z. Jarko Philipp und Rabea Aenea mupfel lindauer Fooly Onkel Martin Mausi Flo Dario Blödl Maximilian Flo Lukey Horst Snn Jo danielschreiner Pete Eliza Basti Kirsten Ronaldo Andi Miriam Kri Christian LadyLunatic Volker Racho Franziska Egon Mirija Karsten Caroline Anna Samenström Jessi derombe ela Steff Channi Karin Timo Christian Falk Barbara iocus Lisa ceres Rainer Jana annebeier plaudertasche DerBeobachter Maike Mike Nico TheRabbit Frank Toxic Rebecca Benedict S Lucy Jenny Tobi Andi Holtsmichel Vale Thorsten Ebaw Kuno Walter Jacki Roland subasebi Melli Eric Jasper deralbatrossistabgeschmiert Jenny Katrin crazy donkey Christof Paul Anton Ulf Vivi Jan Christoph froekle Eike Sebastian Andreas Zielscheibe Fredi werbwolf Martina Charlotte Matze Henner Easylord xy Blaubärchen datenbaer wohlstandskind Alex Morge Olivia Sabrina DerLauscher Ben Lars ich Heiner Anja wiky Frank ÿbi Alex stocki marsch sideburns Phil Claudia tikara Wolfgang Sunny Iser Jörg eva.k. assibraze Maria Mark und Geral Marlene Gerd cf Niko Nina DrunkenKakadoo Thomas Dennis Jules Bernhard DerHier Hotte Willy Anke Benedict Nina Jopp Sebastian Cathi Constantin Malte Osterhase Carolin Bine BremerButjer Trolla Matze Speedy Claudi Steve Ulrike ShenShen Ringrocker07 Inga Knut Schmich Karina Carl Arik Rita Thomas Kristin Ninia MiriAndré Den Mone zuhoerer Neuköllnerin Torsten Laura miela Glede Isabel Mel Daniela Dark Matter Katharina Chiya Kay Nadine CrazyOlli Jonas Yvonne lone George Benedict loosing horse anonym Nici Alex Gizzü Claudia May Laurel stefan Lena Ernie macwoern Ida Andreas Karin Manfred Jürgen Clara Fabian Renate Michael Anja Overkill CarS Tytonida hansen Briddel Martin Charlotte Soso Wolf Lena Tinka Karl Wahlhelfer sharo Willy Angelo Arne Didi Alexandra Ralf Peter Andreas Ayatolla Svorn Dennis Nathalie Julia Peter wolfundhase Fräulein Tanja stabil Jana EiP Anika Hannah Roman alex Mateusz Fahrgast Dedi Max von Hinten Nele Manuel FCKFan Adolar Sina Marc Phillipp Thommy jie lee rykandi pollo Herr Lehmann Emanuel chaosbiest seb katinka Dan Michi Tim

Chrissie WM Flitzer Raudulfr lutz Yeti Jens lousypoetry Jörn Eva feliflex Egon Maria layale Nathalie Tilly Flo zotti David Dieter Meike Idgie n8wish Tom Dürener Achmed Tommy Lenevieve

WO BELAUSCHT?